魔法(まほう)のルビーの指輪(ゆびわ)

イヴォンヌ・マッグローリー 作
加島 葵 訳　深山まや 絵

朔北社

魔法のルビーの指輪　目次

魔法のルビーの指輪

1　指輪のひみつ

「いやなお天気！」ルーシーは、心の中でつぶやいた。晴れていれば、低い山に囲まれたグレノーランは、絵のように美しい町だ。しかし、今日は、細かい雨が降り続いていて、周りの山は、深いきりにつつまれている。

「ほら、デイビッド、急いで！　学校に着くまでにびしょぬれになっちゃうわ」ルーシーは、いらいらしながら弟にいった。さっきから、デイビッドは、ずっと後ろの方をのろのろと歩いている。

「今、行くよー」デイビッドはさけんで、いきなり走りだした。そして、大声を上げながらルーシーのわきをかけぬけて、裁判所の角をあっというまに曲がってしまった。

「また、寄り道するんだ！」ルーシーは、すぐにはみ出してくる赤茶色の巻き毛をレインコー

トのフードの中へおしこみながら、自分も左に曲がった。思ったとおりだ。デイビッドは、雨も気にせず、かぎのかかった門に顔をぴったりおしつけている。門のおくには、グレノーラン城がある。

「デイビッド、学校におくれるわよ！」

「わかってるよ。ちょっと見たかったんだ」

「ばかみたい、ただのくずれかけたお城じゃないの、いつも見てるでしょ」

「いいじゃないか、好きなんだもん。昔は、ここできっとたくさん戦いがあったんだよ。すごかっただろうな。ぼく、そのころ、生まれてたらよかった」

「アイルランドは、昔も雨が多かったと思うわ。戦うのも、どろの中ですべって転んで大変だったはずよ。そんなに戦いたければ、ちこくして先生と戦ってみれば！」

デイビッドは、それには答えなかった。二人は、大通りを足早に歩きながら、別々のことを考えていた。

デイビッドは、グレノーラン城の石段にすっくと立って、せめてくる敵を一人として寄せつけない強い戦士の気分になっていた。

ルーシーは、夏休みの宿題だった作文の順位のことで頭がいっぱいだった。作文は新学期が始まったときに提出したもので、今日、オドンネル先生が結果を発表することになっている。ルーシーは、今度もまた自分の作文が一位になるという自信があった。この前は、親友のノリーン・ドハティーが二位で、ルーシーは、ノリーンにおめでとうといったのだが、自分が二位ではいやだった。いつも一位でなければならない。勉強はよくできて、先生の質問に真っ先に答えるのが好きだった。クラスの中には、ルーシーは目立ちたがりやだという人もいたが、平気だった。勉強がよくできて、何がいけないんだろう。

聖コランキル教会を通りすぎると、ルーシーはほっとした。「よかった、まにあうわ」運よく、交通整理のギレスピーおばさんが車の流れを止めてくれたので、待たずに道をわたることができた。

聖ウルスラ小学校の門に入ると、

ルーシーとデイビッドは別れて、それぞれの教室に向かった。ノリーンがルーシーを待っていてくれて、二人は教室にすべりこんだ。二人とも六年生で、いつも並んですわる。五年生と六年生を教えているオドンネル先生は、もう教室にいた。わかくて、きれいで、気軽に話し相手になってくれるので、みんな、先生が大好きだった。

一時間目、二時間目と授業が続いて、その日は、時間のたつのがとてもおそかった。外はまだ雨が降っていたので、お昼は教室で食べた。そして、やっと、国語の時間になった。

オドンネル先生が、静かにするようにと手を上げて合図すると、ざわざわしていた教室はしんとなった。

「みなさん」先生は、にこやかに話しだした。「作文の結果が知りたくて、うずうずしているでしょう。一位の賞品は、みんな知ってるわね」先生は、みんなのあこがれの的になっている赤い革表紙の日記帳を高く上げて見せた。「でも、一位と二位の人を発表する前に、先生は、みんなよくがんばった、とほめてあげたいと思います。どれも、とてもよくできていました。だから、もし今回賞をもらえなくても、努力をやめてはだめですよ。次は、入賞するかもしれませんからね。今回も決めるのがとても難しかったのですが、よく考えて決めました。一位は……ノリーン・ドハティー」

みんな、いっせいにはくしゅした。ノリーンは、うれしくて声も出ないようだ。

「そして、二位はルーシー・マクローリンです」

ルーシーは、あまりのショックでぼうぜんとして、みんなのはくしゅをぼんやり聞いていた。

わたしが負けるなんて！　今度も、ぜったい一位だと思ったのに。

ノリーンは、にこにこ顔で赤い日記帳をもらいに行った。ルーシーは、フェルトペンのセットをもらったが、ふくれっつらで「ありがとうございます」とつぶやくのがやっとだった。

「残念ながら、今日は、一位の作文を読んでもらう時間がありませんけれど、月曜日には読んでもらいましょう。さあ、ノリーン、この箱のおかしをみんなに配ってね」先生がいった。

ノリーンは、自分の席にもどると、うれしそうに赤い日記帳をながめた。こんなにすてきな物をもらったのは初めてだ。ノリーンの家は貧しかった。お父さんが二年も失業しているし、子どもが四人いて、とてもぜいたくはしていられない。一方、ルーシーは、たくさんの物を持っていて、それが当たり前だと思っていた。

「ねえ、この日記帳、すてきよね」ノリーンがルーシーにいった。「わたし、びっくりしちゃった。だって、今度も、ルーシーが一位だと思ってたんだもの。わたし、ルーシーみたいにうまくないし……ルーシーに勝てるなんて、思ったことなかった」

ノリーンは、自分が一位になったことで、すっかり興奮してしまい、ルーシーがだまりこんでいることに気がつかなかった。

放課後、みんなは、ノリーンの周りに集まっておめでとうといったり、日記帳をよく見せてもらったりした。

ルーシーは、むしゃくしゃした気持ちをおさえきれなくなった。「まずは、第一歩になったわね！　ノリーンは、いつか有名な作家になりたいって思ってるのよ。みんな、知らないでしょ」

ノリーンは真っ赤になった。「ひどいわ、ルーシー。それ、二人だけのひみつだったのに。わたし、ルーシーは友だちだと思ってたわ」それから、目にいっぱいなみだをうかべていった。

「もう二度とあなたとは口をきかないわ、ルーシー・マクローリン」

ヌアラ・ギャラハーが、ノリーンの肩に手をかけて、やさしくいった。「気にしないことよ、ノリーン。あなたが一位だったから、ルーシーは、焼きもちを焼いてるのよ。でも、いつか作家になれるといいわね」

ルーシーは、何もいわずに教科書をかばんにつめこむと、つんとして教室を出た。デイビッドは、校門でルーシーを待っていたが、その顔をひと目見ただけで、作文の結果がわかってしまった。

やっと雨がやんで、雲のあいだから少し日の光が差している。きりもだんだん晴れて、山々のふもとが見えてきた。二人が消防署の前を通ったとき、デイビッドには、開いているドアからぴかぴかの赤い消防車がちらっと見えた。見ていこうなどというと、ルーシーのきげんがもっと悪くなるだけだとわかっていたので、デイビッドは、だまってルーシーのあとを追った。

大通りは、金曜日の午後の買い物客でにぎわっていた。二人は、肉屋のデーリーズの前で道をわたってマーケット・スクエアに行こうとしたが、車が途切れないので、わたるのに時間がかかった。

「ぼくが先にお父さんの車を見つけるよ。十ペンス、かけてもいい」マーケット・スクエアの駐車場に止めてある車のあいだを歩きながら、デイビッドがいった。

「今日は、勝つわよ。わたしが先に見つけるからね」

「わかった、わかった」デイビッドは、車の列にすばやく目を走らせている。「あった！」トヨタの赤い車を見つけて、デイビッドは得意そうにさけんだ。「うちに着いたら、十ペンス、忘れないでよ」

「忘れるはずないでしょ」ルーシーは、まだいらいらしていた。

二人は、もう一つ道をわたってお父さんとローガン・スーパーの方へ行った。お父さんはこのスーパーの店長だ。二人は店によってお父さんとちょっと話していくこともある。しかし、今日は金曜日でお父さんがいそがしいので、町の外れにある家にまっすぐ帰る。デイビッドは、ルーシーの前を走っていく。いつものように橋の上で止まって、イーニー川の水位が城壁のどこまで来ているか調べたりしない。デイビッドは、とてもおなかがすいていた。お母さんが何か作ってくれてるといいな。

ルーシーが家に入ると、焼きたてのアップルタルトのにおいが、台所からただよってきた。

「作文は、だれが一位だったの？」お母さんが、笑顔で聞いた。

「ノリーン・ドハティーだった。わたしは二位」ルーシーは、そっけなく答えた。

「気にすることないわ、ルーシー。あなたは一生懸命やったわ。がっかりしたかもしれないけど。それに、この前はあなたが一位だったでしょ……。次はまた、あなただと思うわ」

「それじゃ、だめ！　今日も一位になりたかったの！」ルーシーはさけんだ。

「そんなこと、いわないで、ルーシー。負けてふくれっつらは、みっともないわ。ノリーンだって、一生懸命やったのよ。それに、ノリーンは親友じゃないの」

「もう、親友じゃないわ！」ルーシーは、いきなりろう下に飛び出した。ちょうど入ってきたデイビッドにぶつかって、デイビッドが持っていたアップルタルトのお皿がゆかに落ちてしまった。ルーシーは、弟のおこった声も、お母さんの「待ちなさい！」という声も無視して、二階にかけ上がり、自分の部屋に飛びこんで、ドアをばたんと閉めた。

　ルーシーは、ベッドに身を投げ出して、泣きながらまくらをげんこつでたたいた。「ひどいわ！わたしが一位のはずなのに。わたしの作文の方がいいに決まってる」

　しかし、ルーシーは、いつまでも泣いてはいなかった。もうすぐ誕生日だったのだ。あと二日で十一さいになる。何週間も前から、誕生日パーティーを楽しみにしていた。お母さんが、毎年必ずおいしいケーキやかわいいパンを焼いてくれるし、ほかにもいろいろごちそうを作ってくれる。すてきなプレゼントも、みんなからもらえる。デイビッドだって、いつも何かプレゼントしてくれる。お父さんは、みんなで楽しむ遊びを計画するのがとても得意で、ときどきはお父さん自身も参加するので、子どもたちは大喜びだ。

ふと、ノリーンがパーティーに来ないといったらどうしよう、と急に心配になった。ノリーンに対してひどいことをしたのは、よくわかっていた。ノリーンははずかしがり屋だったので、ルーシーは、ノリーンのひみつをだれにもいわないと、固く約束していたのだ。それなのに、あんなことをいってしまって、裏切り者といわれても仕方がない。こんなけんかは、今までしたことがない。

「明日、真っ先にノリーンのところに行って、ごめんねっていおう。ぜったいに、そうしよう」

ルーシーは決めた。

こう決心すると、少し気が楽になった。ベッドにねそべったまま、部屋をあちこちながめてみる。ルーシーの部屋は、お母さんが時間をかけて、グレーとピンクのあわい色合いでまとめてくれた。真ちゅう製のベッドの上にかかった羽毛布団に、ピンクの小花模様のカーテンがよく合っている。明るいグレーのカーペットは、ふかふかで気持ちがいい。部屋のすみには、小さな机と電気スタンドがあり、かべにはお父さんが作った本棚があって、たくさんの本や年鑑が並んでいる。別のかべ際には、長くて低い台があって、その上には、テディベアなどのぬいぐるみと、ルーシーが集めた大事な手作りの人形がずらりと並んでいる。ベッドの横には、ヤナギの小枝を編んで作った子ども用のロッキングチェアが置いてある。去年の誕生日にマクローリンおばあちゃんからプレゼントされたもので、お母さんがカーテンの残り布でクッションのカバーを作ってくれた。このロッキングチェアは、ルーシーのお気に入りだった。

「とてもすてきな部屋だわ」ルーシーは思った。「でも、もっと大きい部屋がいいなあ……、それに、わたしだけのバスルームがついていたら、すてき。先週のテレビで見たようなのがいいな」

　ロッキングチェアを見ているうちに、ルーシーは、おばあちゃんが今夜来ることを思い出した。日曜日の誕生日パーティーのためにとまりがけで来てくれるのだ。おばあちゃんは、いつも、〈いす取りゲーム〉のときにピアノをひいてくれたり、〈プレゼント回しゲーム〉用のプレゼントをきれいに包むのを手伝ってくれる。

　台所からチキンを焼くいいにおいがただよってきて、ルーシーは、おなかがすいていることに気がついた。学校から帰ってから何も食べていなかった。ベッドから下りようとしたとき、ドアをやさしくノックする音がして、お父さんが部屋に入ってきた。お父さんのポール・マクローリンは、背が高く、いつもにこやかだ。もちろん、おこっているときは別だ。だまってそっとお父さんの顔をうかがうと、どうやら、いつものやさしい顔ではない。だから、お父さんが話し始める前に、ルーシーはいった。

「わたしの作文、一位じゃなかった」

「聞いたよ」お父さんは、ベッドのはしにすわりながらいった。

「今日、わたし、ひどいことをしたの。デイビッドに八つ当たりしちゃったし、あの子のアップルタルトをゆかに落としちゃったの。お母さんにも悪かった……。もっといけなかったのは、ノリーンに……」

「もうすぐ十一回目の誕生日だね……、もう大人だ」お父さんは、くどくどと並べ立てるルーシーに笑顔でいった。「でも、二位だったんだろ、すごいじゃないか」

「だめ、わたし、一位になりたかったの、どうしても。だから、むしゃくしゃして」

「そんなことでむしゃくしゃしたのかい。だけど、ルーシー、これから先、一位になれないことが何回もあると思うよ。その度におこってちゃ、きみの人生はつまらないものになってしまうじゃないか。いつも暗い気持ちで生きていかなければならなくなるぞ。それに、一位になるってことは、そんなに大切なことじゃないよ」

「一位になれない人って、いつもそんなことをいうのよ」ルーシーは元気なくいった。「お父さんもお母さんも、わたしたちに学校でいい成績を取ってほしいと思ってるんでしょ」

「確かにそう思っているよ。でも、すべてのことに一位になれなんて、ばかなことは思っていないよ。今まで会った人の中でいちばん不ゆかいだったのは、いつも何にでも勝つ人だった。最後はごうまんになって、まちがいなく友だちがいなかったね」

「友だちがいなかったなんて！」ルーシーは立ち上がった。「まさか！　ノリーンやほかの女の子たちは、いつもわたしが一位だったら、いやなの？　だれが見ても、わたしが一位だった場合のことよ。そんなことで、友情がこわれたりしないでしょ」

「でもね、きみは、ノリーンが一位になって、とてもかっかとしたんだろ。ほかの女の子たちのことも考えてごらん。いつだって、きみが一位になるのを見てるだけなんだ。きっとおもしろくないと思うよ。だって、みんな、自分に自信が持てなくなってしまうだろ」

ルーシーは、ヌアラ・ギャラハーのことを思い出した。ヌアラは、わたしが負けてうれしかったんだ。そうだったのね。ああ、どうしよう！

「コンピューターとサルの話をしたことがあったかな？　まだだったかな？」ルーシーは、あごをのせていたひざをのばして、きちんとすわり直した。お父さんは、いつも、その場にぴったりの話を知っている。「コンピューター相手にチェスができるようにサルを訓練した話さ。そのサルはとても頭がよかったんだが、コンピューターの方が勝つようにプログラムが作ってあったので、いつもコンピューターが勝ってしまった。サルは一生懸命やるんだけど、どうやっても負けてしまう。それで、とうとうサルはあきらめてしまった。不きげんになって、チェスをやろうとしなくなってしまったんだ。それで、人間は、コンピューターのプログラムを作り直して、三度に一度はサルが勝つようにしたんだって。サルは、これでまた、やる気を見せるようになったのさ」

「これからは、テストの度にその話を思い出して、サルにナッツを少し投げてあげるわ」

「コンピューターで思い出したけれど、去年のクリスマスにお父さんがあげた本を読んだかい？　『やさしい科学』だったかな？」

ルーシーは、いっしゅん、まずいと思った。そして、本棚をちらりと見た。お父さんからもらった本は、ななめにざっと目を通しただけで、そのあとは本棚に置きっ放しで、さわることさえなかった。

「うん、ちょっと読んだけど……。発明家のところはおもしろかったわ。でも、ほんというと、何か書いたり歴史の本を読んだりする方が好き。ずっとおもしろいわ」ルーシーは正直にいった。

「しかし、科学もおもしろいぞ。ものの働きを知るには、科学が必要だ。どうやったら電気が作れるか知りたいだろ。たとえば、無人島に流されたとしたら」

「いやだ、お父さん。わたし、無人島になんか、流されないもの。今の時代では、ありえないわ。それに、電気だって水道だって、専門の人にやってもらうから、いいわ。使うことなんかない知識をつめこんで、なんの得があるの？」

「来年からは、理科の授業が始まるんだろう？　理科について勉強しておくのも役に立つよ」

「それもそうね。また、『やさしい科学』を読んでみるわ。お誕生日のあとでね」

「それがいい。いっしょにやさしい実験をしてみることもできるよ。さあ、そろそろ、おばあちゃんをむかえにいく時間だな。バスが七時半に着くんだ」

「そうだったわ。おなかもすいてきた。ねえ、お父さん、たのんでおいたプレゼント、もらえるわよね？」

「パネールの本かい？」

「パーネルよ」ルーシーは、お父さんの言い方を直した。

「パーネルの本は、ルーシーにはちょっと早いんじゃないかな。大人の話が出てくるからね。ほかの人、たとえば、ロバート・エメットとかの方がいいんじゃないか？」

「パーネルの本には、オシェア夫人が出てくるから？　ノリーンもわたしもテレビで毎回見てたけど、オシェア夫人の出てくるところはつまらなかったわ。でも、あのころはアイルランドにとって激動の時代だったのよね？」

「土地連盟、ダビット、ボイコット大尉。いろんな話がある。ぼくたちも、その時代に生きていたら、とても興奮しただろうね」

お父さんはドアまで行くと、ふり返っていった。「ところで、もう少しデイビッドにやさしくできないかな」

「お父さん、デイビッドって、どうしようもないの。金魚のふんみたいにわたしにくっついてくるか、そこら中を飛び回ってちっともじっとしてないのよ。そして、何が起きても『ぼくのせいじゃないもん』ていうの」ルーシーは、弟の口まねをした。

「わかってるよ、ルーシー」お父さんは笑いながらいった。「だがね、男の子っていうのは、同い年の女の子に比べて、少し子どもっぽいんだよ。デイビッドは、やっと八さいだ。これから、いろいろわかってくるんだ。おこりたくなったら、十まで数えてごらん。気持ちをおさえるのにいいよ」

「いつも、百まで数えるくらいがまんしてるわ。でも、もっとがんばってみる」

お父さんとルーシーは、げんかんに向かった。ルーシーは、通りがかりに台所をちょっとのぞいて、「お母さん、さっきはごめんなさい」といった。

「いいのよ、ルーシー、これからは、アップルタルトに当たり散らしたりしないでね。オーブンにつきっきりで焼き上げたのよ。それがゆかに落ちて食べられなくなっちゃうなんて」

「ごめんなさい。夕食のお皿洗いは、わたしがするわ」ルーシーは反省していった。

「ありがとう。さあ、バスが着くわ。急いでおむかえに行って。バスがおくれないといいけど。おくれたりすると、夕食が冷めちゃうわ」

三十分後、お父さんとルーシーは、おばあちゃんを連れて帰ってきた。だきしめたり、キスしたりのさわぎのあと、やっと落ち着いた。

デイビッドは、おばあちゃんのスーツケースの係で、「お母さん、おばあちゃんのスーツケース、二階に運ぼうか？」とさけんでいる。

「そうしてちょうだい。おばあちゃんのとまる部屋に入れておいてね」

ルーシーも、おばあちゃんにたのまれた二つの包み（つつ）を持って、デイビッドに続（つづ）いた。一つは、わたしの誕生日（たんじょうび）プレゼントだと思うけど、何かしら。

二人がもどると、大人たちは、シェリー酒を飲みながら、友人や家族のことを話していた。

「農場はどんな具合ですか」お母さんのジーンがたずねている。

「うまくいってるわよ。ディックとローザは、今、部屋のペンキぬりでいそがしいの。ジムとチャーリーは、牛がふたごを産（う）んだので、昨日（きのう）は大さわぎだったのよ」

ディックはお父さんのお兄さんで、農場はグレノーランの北十七マイルのところにある。お父さんは、そこで生まれ、育った。おばあちゃんのマーサが花嫁（はなよめ）として農場にやって来たのは、ずいぶん昔のことだ。おばあちゃんは、今もそこに、息子夫婦（ふうふ）のディックとローザ、孫（まご）のジムとチャーリーといっしょに住んでいる。ルーシーとデイビッドは、よく農場をたずねているので、ふたごの牛の話に目をかがやかせた。早く牛の赤ちゃんに会いに行きたいな。

チキンの丸焼きとかりかりベーコンの特別な夕食が終わると、おばあちゃんが、ルーシーの方を向いていった。「今度の日曜日で十一さいになるのね。背も高くなったんじゃないの？　誕生日のプレゼントを持ってきたけど、それは、日曜日にあげるわね。そっちは、ふつうの誕生日プレゼントよ。でも、もう一つ、特別なプレゼントがあるの。わたしが、十一さいの誕生日の直前にわたしのおばあさんからもらったものなの。今、これをルーシーにあげるわ。でも、一つだけ、約束してちょうだい。あなたも、これを、むすめか孫むすめに必ずゆずりわたすこと。その子の十一さいの誕生日の直前にね」

おばあちゃんは、ハンドバッグから茶色の革張りの小箱を取り出して、ルーシーにわたした。

ルーシーは、箱を開けて、目を丸くした。中には、美しい指輪が入っていたのだ。ホワイトゴールドの台に半球形の真紅の石がはめこまれた指輪だった。

「ルビーの指輪ですよ」おばあちゃんがいった。「スタールビーなの。光が星の形にかがやくように、石が加工されているのよ。ルーシー、もっとよく見てごらん」

「おばあちゃん、子どもにくださるプレゼントにしては、高価すぎるんじゃないでしょうか」

お母さんは心配そうだ。お父さんもうなずいた。

しかし、おばあちゃんの気持ちは決まっているようだ。「高価だとしても、ルーシーが持つ必要があるの。これは、わたしが十一さいの誕生日の直前にもらったもので、わたしのむすめが十一さいになる前にむすめにゆずりわたすという条件つきだったのよ。でも、わたしにはむすめがいないでしょ。だから、ルーシーにあげるの。約束をやぶることはできないわ」

「いったい、どういう指輪なんですか」

「それは長い話になるけど、わたしがおばあさんから聞いた話をみんなにも話してあげようね」

みんなは、身をのり出した。なにしろ、おばあちゃんは、お話をたくさん知っている。そして、ルーシーもデイビッドも、それを聞くのが大好きだった。

「わたしのおばあさんは、一八八〇年ごろ生まれたらしいの。あのころの生活がどんなものだったか、想像できるでしょ。それはそれは大変だったのよ。ローストチキンのようなごちそうは食べられないし、もちろん、セントラルヒーティングもテレビもない。それに、信じられないかもしれないけれど、仕事にありつくのは、今よりずっとずっと難しかった。貧乏人の息子が仕事につくのは、まず無理だった。あのころ、アイルランドでは、ほとんどの人がひどく貧乏だったの、ほんとよ。だから、小さな借地にわずかばかりのジャガイモを作って生きていくか、その地方の金持ちの家で住みこみで働くしかなかったのよ。ほかには、アメリカやオーストラリアに移住するとか、イギリスの軍隊に入るとか。ところで、わたしのおばあさんにジェームズという大おじさんがいてね。気のあらい男だったから、兵隊になるのがぴったりだったの。ジェームズは、クリミア戦争で戦うつもりだったけど、まにあわなかったらしいのよ。それで、インドに向かう船に乗ることになったというわけ。あなたたち、インド大反乱というのを知ってる?」

「知らない」デイビッドが答えた。

「イギリス人がインドにいたころのことでしょ?」ルーシーは、ちょっといってみた。

「まあそうだけど、もっとくわしくいうとね」おばあちゃんは、話を続けた。「インド大反乱はね、十九世紀の中ごろのことよ。何年だったかしらね。インドは、イスラム教徒のことでもヒンズー教徒のことでも争いが絶えなくて、混乱していたの。ちょっとしたことで、革命だって起きるところだった。イギリスのインド支配は百年しか続かない、といわれてきたけど、その年は、イギリス人のクライブがインドにやって来て、クライブって知ってるよね、そのクライブがインド支配の基礎を作ってからちょうど百年目だったの。そのころ、イギリス軍の兵士には、新式のライフル銃が支給された。でも、そのライフルのカートリッジにはブタのあぶらがぬられているっていううわさが流れた。もちろんブタはヒンズー教ではけがれた動物とされているから、大きな暴動が起きて、イギリス軍はラックナウという場所で包囲されてしまった。さあ、かわいそうに、ジェームズはどこでどうなったと思う？」

「わからない！」子どもたちは、声をそろえていった。

「ジェームズは、ラックナウを解放するために送り出された小隊にいたの。そして、解放に成功したのよ。こうして、イギリス軍は、インド大反乱をしずめた。でも、それまでには、おそろしいこともたくさんあって、とくに、カーンプルの大虐殺……」

「カーンプルの大虐殺って？」ルーシーがさえぎった。

「インド大反乱のときに、ある地方の王さまが、カーンプルのイギリス軍に降伏をよびかけた。王さまは、命は助けると約束したのに、イギリス軍が武器を捨てたとたん、イギリス人をみな殺しにした。女や子どもまでね。そして、死んだ者もまだ息のある者も、みんな、井戸の中に投げこんだ。こんな虐殺にあったイギリス軍が、おそろしい復しゅうをしようとしたのも無理のないことよね」

「でも、それが、この指輪とどういう関係があるの？」ルーシーが聞いた。いつもはおばあちゃんのお話を聞くのが大好きなのだが、今日は、早く大事なところを知りたかった。

「今から話すよ。ある晩、ジェームズが見張りをしていると、近くの岩かげで何か動いたような気がした。かけ寄ってつかまえてみると、インド人の男だった。大けがをしていて、息もたえだえだった。男は、自分はこの地方の王で、城がイギリス軍にせめられて命からがらにげてきた、といった。最初、ジェームズは仲間の兵士を呼びに行こうとしたけど、その王が命ごいをする。それで、ジェームズは思ったの。アイルランド人である自分が、インドを侵略しているイギリスの軍隊にインド人を引きわたすのは変じゃないかってね。ジェームズは、あらくれ男だったかもしれないけど、イギリスとアイルランドの歴史を知っていたのよ。

そこで、ジェームズは、王さまをかくまった。次の日、王さまの家来がむかえに来て、王さまを連れて帰ったそうよ。帰るとき、王さまは、ジェームズにいった。『命を助けてくれて、ありがとう。生きて帰れるのは、あなたのおかげだ。お礼をさしあげたい。大変高価な品だが、決して売らないように。これには魔法の力があって、願いをかなえてくれる。ただし、女だけ、この魔法の力を使うことができる。男の願いはかなえてくれない。これをあなたにさしあげるが、あなたのむすめか孫むすめに伝えていってください』ジェームズは、むすめはいないといおうと思った。でも、いつかむすめが生まれるかもしれないと思って、お礼の品を受け取ったの。それは、小さな革の箱だった……」

「この箱ね」ルーシーはつぶやいた。

「そうよ。ジェームズは、箱を開けてみて、息も止まるほどおどろいた。中に入っていた指輪がとても高価なものだと、ジェームズにだってわかったからね。

それから何年かたって、ジェームズは、ふるさとの農場に帰ってきた。わたしのおばあさんのお父さん、トーマスは、喜んでむかえた。トーマスは、ジェームズおじさんのことが大好きだった。でも、トーマスのおくさんはけちな人だった。二人のあいだには子どもは一人、つまり、わたしのおばあさんしかいなかったのに、このおくさんは、ジェームズおじさんに食べさせるのがいやで、おじさんを追い出そうとした。でも、トーマスは、ジェームズおじさんに出ていってくれとはいわなかった。

わたしのおばあさんは、ジェームズおじさんと大の仲良しになった。おばあさんはジェームズおじさんが病気になるといつも看病したし、二人は何時間もおしゃべりした。ジェームズおじさんは、軍隊やインドの話をたくさんしてくれたらしい。おばあさんはそういう話をわたしにしてくれたのに、わたしは、その半分も覚えていないわ。

さて、ジェームズおじさんは、年を取って、なくなる直前に、わたしのおばあさんをまくらもとに呼んだ。ほかの人には部屋から出てもらって、おばあさんに小さな箱をわたした。『これはおまえが持っていておくれ。ほんとは、おまえのお母さんにあげてもよかったが、お母さんはこれを売ってしまうだけだからね。この指輪は、ぜったいに売ってはいけないものなんだ。これには魔法の力があるんだよ。いつか、おまえにもそれがわかると思う。この指輪は、自分のむすめにゆずらなければならないんだが、わたしは、とうとうむすめを持てなかった。だから、おまえにゆずっても、あの王さまは許してくれると思う。大切に持っていておくれ。そして、時が来たら……、ところで、おまえはいくつだったかな』『明日で十一よ』わたしのおばあさんは、得意そうに答えた。『そうか。じゃあ、おまえも、この指輪をおまえのむすめか孫むすめにゆずりわたしておくれ、その子が十一さいになる前にね。たのんだよ』」

「これがその指輪!?」ルーシーはきんちょうした。

「そうよ、これよ。わたしのおばあさんにはむすめがいなかったので、わたしが生まれるまで大切に持っていたの。わたしが十一さいの誕生日をむかえる直前に、今の話をして、この指輪をわたしてくれたのよ。だから、今度は、わたしがルーシーにゆずりますよ」

「おばあちゃん、でも、やっぱり、そんな高価なものは、子どもにはもったいないですよ。わたしが大切に預かっておきましょう」お父さんがいった。

「月曜日まではいや。月曜日まで、わたしに持たせてよ」ルーシーはたのんだ。

「じゃあ、そうしましょう。まあ、こんな時間! みんな、もうねなければ。今夜は、すっかり興奮したわ。おばあちゃんもお休みください。おつかれになったでしょう?」お母さんがいった。

ルーシーは、ベッドに入る前に、もう一度指輪をよく見てみた。とてもすてき。指輪を左手の指にはめて、右や左にくるくる回しながら、電灯の光でルビーのごうかなきらめきをうっとりとながめた。ルーシーの指には少しゆるいが、そんなことは問題ではない。すぐにちょうどよくなるだろう。今日は、学校ではいやなことがあったけど、すばらしい日になった。あとは、おいのりをするだけだ。今夜は、短いおいのりにして、ねちゃおう、と決めた。明日は、まずノリーンに会って、仲直りをするんだ……。

ルーシーは、もう一度、指輪を見た。ルビーはさらに強く光り、赤くかがやく中心に自分が吸いこまれてしまいそうだった。ルーシーは、ルビーの中の星がまたたいて大きくなっていくような気がして、うっとりと見つめていた。

しばらくして、指輪をしまおうとしたとき、箱をテーブルからうっかり落としてしまった。箱は、コツンと音を立てて、ベッドの横にあるテーブルの足に当たり、ふたが外れてしまった。どうしよう！　箱をこわしたなんて、おばあちゃんにいえないわ。しかし、箱を取り上げてみると、こわれたのではなく、ちょう番が外れただけだった。ああ、よかった。二重になっていたふたの内側に、金色の文字で何か書いてある。とても小さい字だったので、ベッドの横の電気スタンドに近づけて読んでみた。読んでいくうちに、ルーシーは、胸がどきどきしてきた。

このルビーの指輪の　ひみつ
願いを　二つ　かなえてくれる
右手の中指に　指輪をはめて
くるりくるりと　二度回す
そして　願いを唱えて待てば
ルビーの指輪が　かなえてくれる

「まさか！」ルーシーは思った。でも、おばあちゃんの話の中で、ジェームズおじさんはいったのよね？　この指輪はほんとに魔法の力を持ってるって。

ルーシーは、もう一度、金色の文字を読んでみた。やっぱり、ルビーの指輪は魔法の力があって願いを二つかなえてくれる、と書いてある。ほんとなの？　この指輪を持っていた人たちは、ふたが二重になっているのを知ってたかしら？　おばあちゃんは？　おばあちゃんは願いごとを二つしたかしら？　そうだわ、今度、二人きりになったとき聞いてみよう、とルーシーは思った。

しかし、しばらくするうちに、ルーシーはやるべきことは一つしかないと思った。自分でためしてみることだ。では、何を願ったらいいだろう。新しい服をくださいっていうのは、どうかしら。でも、そんなくだらない願いごとをするのは、もったいないわ。服なんて、たくさんあるもの。じゃあ、ポニーはどうかしら。ルーシーは、いつも自分のポニーがほしくてたまらなかった。ポニーにしようか。でも、やめよう。もしポニーをもらうことにすると、第二の願いごとは、馬小屋にしなければならない。それに、ポニーを飼うには、とてもお金がかかる。お父さんもお母さんも、ポニーを売ってしまいなさいというに決まっている。じゃあ、わたしの髪の毛はどうかしら？　ルーシーは、自分の赤茶色の髪の毛が、まあまあ好きだった。でも、ブロンドだったら、そして、ところどころにピンクかグリーンの色を入れたら、どうかなあと想像してみることがよくあった。ルーシーは、そんなヘアスタイルで朝ごはんを食べに下りていったらお父さんやお母さんやデイビッドが何ていうかしらと思って、くすくす笑ってしまった。でも、髪の毛なんていくらでも染められるわ。そんなことに指輪の魔法を使うのは、やめておこう。

そのとき、ルーシーの心の中で小さな声がした。「ルーシー、大きな家をお願いしたら？

いつも、大きな家に住みたがっていたじゃないの」そうだ、今より大きな家に住みたいと、ずっと前から思っていた。それにする？　ちょっと、欲張りすぎかな？　でも、大きなものを願ってはいけないなんて、書いてなかったわ。

ルーシーは、まず下へ行って、おばあちゃんに相談してみようかと思った。でも、もしおばあちゃんがひみつのふたのことにも金色の文字のことにも気づいていなかったら、どうなるだろう。魔法を試すなんて危ないからと、指輪を取り上げてしまうかもしれない。

「とにかく自分でやってみよう」ルーシーは、心を決めた。「願いごとがかなえば、みんなをおどろかすことができるわ」どんなふうに大きな家が現れるかはまったくわからなかったが、これが本当に魔法の指輪だったら、何もかもうまくやってくれるだろう、と思った。

ルーシーは、もう一度ていねいに文字を読んで、指輪を右手の中指にはめた。二度回し、目をつぶり、ちょっときんちょうして唱えた。「今よりもっともっと大きな家に住めますように」

何分かたった。しかし、何も起きない。おばあちゃんにいわなくてよかった。指輪を回せば本当に願いごとがかなうと思うなんて、どうかしてたわ……。

と、そのとき、おかしなことが起き始めた。目はしっかり覚めているのに、どんなにがんばっても、まぶたが下がってきてしまう。それに……、なんだか体がふわふわういているような感じ。そして、いつだったか町に来た移動遊園地の高速回転カプセルに乗ったときのように、胃がむかむかしてきた。

しかし、気分が悪いのは、すぐおさまった。ういているような感じも、長くは続かなかった。そして、目も開けられるようになった。「あー、よかった。ほんとにびっくりした。何か起きたのかと思ったわ」

ほっとしたのもつかのまだった。周りを見わたして、ルーシーは目を丸くした。自分の目が信じられなかった。「わたし、どうして外にいるの？　ベッドにいたのに。いったい、何が起こったの？」

生暖かい風が、ルーシーの顔にかかった巻き毛をゆらす。周りの木々がざわざわ鳴っている。下を見ると、足元に、無造作に結んだ布の包みが置かれている。中に何が入っているのだろうと思うまもなく、ルーシーは、自分がはいている不格好な黒いブーツと、厚手のウールの黒いストッキングに目がとまってどきっとした。そまつな茶色の服はひざ下まで長く、上に、つぎはぎだらけの茶色のマントをはおっている。目にかかった髪の毛をはらおうとして、ボンネットのような帽子が頭にのっているのに気づいた。大きく息をすいこむと、ルーシーは、辺りをよく見回した。

目の前には、高い鉄のとびらの門がある。どっしりした石の門の柱の上には、丸い大きな石がのっている。門の両側には細い道がのびていて、道ぞいの木々がさらさらと音を立てている。道は、ずっと先でカーブして見えなくなっていた。「どうしたらいいのかしら？」ルーシーは思った。そのとき、初めて、門の柱に文字が書かれているのに気づいた。石に深くきざまれているのは、ラングレー城という名前だった。門の中をのぞいてみると、門の左側に小さな石の家が見える。「あれがラングレー城のはずはないわよね。あれは門番小屋ね」ルーシーは思った。

足元の包みを持ち上げると、門の重いとびらの片方を少しおし開けて、中へすべりこんだ。広い並木道を歩いていっても、人はだれも見えない。道の両側には大きな木が一列に植えられていて、すっかり秋の色になっている。その下には、つやつやした深い緑色の葉のシャクナゲの植

えこみ、名前は知らない真っ赤な実をつけたかん木、そして、ところどころにこい赤やむらさきのフクシアが混じっている。

並木道を進んでいくと、ゆるやかなカーブの先に、美しい石造りの堂々としたラングレー城が見えてきた。やわらかい金色にかがやいているたて仕切りの窓には、光沢のある青いスレートのひさしがついている。城の片側の一部は、小さな塔のついた四角い塔になっている。たくさんのえんとつが、青空に向かってつき出ていた。

城に近づくにつれて、木々もしげみもだんだんと少なくなり、代わりに広々としたしばふが現れた。ルーシーは、砂利をしいた車回しをつっきり、石段を上がってげんかんに向かった。げんかんのとびらには、重そうな真ちゅうのドアノッカーが、つま先立ちにならなければ手がとどかないほど高いところにあった。

背のびしてノッカーをにぎると、ルーシーは、一回ノッカーを打った。それから、もう一回打ってみた。

2　ラングレーの館

　とつぜん、どっしりした大きなとびらが開いた。ルーシーは、思わず後ろへ飛びのき、目の前の背の高い堂々とした男の人をだまって見つめた。しらがが額にかかっている。見たこともないきみょうな黒い上着を着ている。前はおなかの辺りまでしかないのに、後ろはひざまでもある。その人は、左右のまゆ毛がくっつくほどのしかめっつらをして、ルーシーを見下ろしていった。「だれだ、おまえは？　何か用かね？」

　ルーシーは何かいおうとしたが、おどろいたことに声が出ない。口を開けても、ひと言も出てこないのだ。

　男の人は、ルーシーをじろじろと見た。「ああ、新入りのメイドだな」それから、左の方を差しながらいった。「裏へ回れ。使用人の入口はあっちだ。今後、この正面げんかんを使って

はいけない。わかったか」

ルーシーは真っ赤になった。これまで、こんなひどい言い方をされたことがなかった。ルーシーが、「はい、よくわかりました。ありがとうございます。でも、あなたの着てる上着、すごく変です」といおうとしたとたん、目の前でとびらはぴしゃりと閉まった。

ルーシーは、階段を下りると、左の方へ行った。建物にそって左に曲がり、歩きながら見上げると、もっとたくさんのえんとつがあった。どのえんとつにも、てっぺんに四、五個のけむり出しがついている。窓もたくさんある。「このお城、とっても、大きいんだわ」ルーシーは思った。道はゆるやかに下り、その先の石造りの広いアーチ門をくぐると、石をしきつめた中庭に出た。ルーシーは、右側に、黒いノッカーと黒い取っ手のついたドアがあるのに気がついた。ノックしようか、このまま中へ入ろうか、と考えていると、ドアが開いてそばかすだらけのやせた女の子が現れた。黒っぽい服に青いエプロンをかけていて、白い小さな木綿の帽子が、黒い巻き毛の上にちょこんとのっている。女の子は、人なつこい笑顔でいった。「まあ、こんなに早く来るなんて思わなかったわ。わたし、これから、菜園に行くところ。ことづてをたのまれてるの。でも、まず、あなたを台所へ案内した方がいいわね。こっちよ。わたし、ネリーっていうの。皿洗いのメイドよ。あなたの名前は？」

「ルーシーよ」そう答えると、ルーシーは、ネリーについて石のろう下を歩いていった。ろう下は、天井がアーチ状で高く、両側には、「魚」、「調理ずみ肉」、「生肉」、「氷」、「銃器」、「石炭」などと書かれたドアがあった。ネリーは、長いろう下のつきあたりで右に曲がり、上の部分に二枚のガラスがはめこまれた大きなドアを開けた。そこから、石の階段を三段下りると、びっくりするほど広い台所に出た。ルーシーは頭が混乱していたが、まず目についたのは、高い天井とそれを支えている鉄の柱だった。高いところに窓があり、外側に格子がついている。「さっき一階の窓だと思っていたのが、これなのね。台所は、半地下になってるんだわ」ルーシーは思った。かべの一つは、全面が大きな木製の戸棚になっていて、番号がついた銅製の深なべや、同じく銅製のさまざまな形の流し型が、ずらりと並んでいる。その下の棚には、素焼きのつぼや色とりどりのブリキの容器が置かれ、棚の下は、引き出しや小さなとびらのついた物入れになっている。

たけの長いこん色の服を着た太った女の人が、長いテーブルのはしでパン生地をのばしていた。ほかにも女の人が二人いて、一人はカブやタマネギをきざんでいる。もう一人はパンを切っている。

「わたしを見ても、だれもおどろかないわ。どうしてかしら」

その理由はすぐにわかった。

「そうか、あんたがブリジッド・マッキンタイアのめいだね」太った女の人が、白いエプロンで手をふきながらいった。女の人が笑うと、片方のほおについている粉が顔のしわのあいだに入りこんでしまう。

「名前はルーシーっていうんです」ネリーが、わきから助けるようにいった。

「ネリー、早く菜園に行って、さっきの用事を済ませておいで。さっさともどってくるんだよ」

女の人は、いらいらしているようだ。「それから、フローリー、口をぽかんと開けてないで、この子にバターミルクを持ってきておやり。遠くから歩いてきたんだから、のどがかわいてると思うよ。さあ、ルーシーは、そこにすわりなさい。ここでの決まりを説明してあげよう」そういいながら、女の人は、パン生地を二、三回ひっくり返してから、ふちが波形になったブリキのぬき型でスコーンの形にぬいた。体を動かす度に頭が上下にゆれ、白い固いえりが二重あごに食いこみ、フリルのついた小さな白い帽子がゆれる。

ルーシーは、笑いをこらえて、そばの木のいすにすわった。

「わたしの名前はオシェア。このお館の料理人で、腕がいいといわれている。台所では、わたしがすべてを指図する。わたしの許しなしに台所の物をさわってはいけない。わかったね。それから、必ず裏階段を使うこと。特別な場合以外は、決して、表階段を使ってはいけない。ところで、ルーシー、おばさんの具合は、その後どう？」

困ったわ。なんて答えたらいいかしら。これは全部何かのまちがいですって、いってしまおうか。ルーシーは、心の中で思った。

オシェアさんは、しゃべり続けた。「あの人は、ここでいちばん上手な乳しぼりなのに、ほんとにかわいそうだった。さく乳器を熱湯消毒してて、腕に大火傷してしまうなんて。でも、二、三週間したらもどってくるから、あんたも心強くなるよ」それから、オシェアさんは、もったいぶった調子でいった「家政婦長のモリスさんは、今、いらっしゃらないけど、あんたはお子さま方の部屋のメイドとして働くようにとのことだよ。そんなに大変な仕事じゃないはずだ。

ところで、あんたは何さい？」

「十一さいです」ルーシーは答えた。

「十一さいだって？」オシェアさんは、おどろいていった。バターミルクの入ったカップを手にしてもどってきたフローリーも、目を丸くしてルーシーを見つめている。「まさか！　何かのまちがいだろう。ネリーよりずっと大きな体をしてるじゃないか。ネリーは今、十四さい。あんたは、どう見ても、十五さい以上だね」

ルーシーは、何もいわない方がいいと思った。そして、バターミルクをぐっと飲んだ。とんでもない所に入りこんでショックを受けたあとでは、バターミルクはおいしくて、とても元気が出た。

また別のメイドが入ってきて、「オシェアさん、ありがとうございます」といいながら、スコーンののった天板を黒くて大きなかまどに入れた。ルーシーは、こんなかまどを見るのは初めてだった。かまどは、一つのかべのほぼ全面をしめていて、たくさんのとびらや取っ手がついている。かまどの鉄格子のおくで、火が勢いよく燃えていた。かまどの上の方に熱風の通り道を利用した棚があって、ガラスのとびらが二つついている。棚の上には、皿が何枚も置かれている。「ああやって、お皿を温めるんだわ」ルーシーは思った。

「飲み終わったら」オシェアさんの声に、ルーシーは、はっと我に返った。「ネリーが、あんたを部屋に案内する。そのあと、お子さま方の部屋のある棟へ連れていくからね。さあ、急いで。やることがたくさんあるんだよ。このお館での生活が、いつもこんなのんきなものだと思ってはだめ。そうだよね、フローリー」オシェアさんは、フローリーに目配せした。

「月末になると、のんびりとバターミルクを飲んだり、スコーンを食べたりしてるひまなんかないよ。ご家族がおもどりになると、目が回るようにいそがしいんだから」

ルーシーは、自分の包みをかかえてネリーのあとについていった。ネリーが食器戸棚の横のドアを開けると、せまい階段があった。

「これが、わたしたち使用人がいつも使う階段なの」その階段を上がると、緑色の布を真ちゅうのびょうで留めたスイングドアがあった。ルーシーが開けようとすると、ネリーが、声をひそめていった。「そっちはだめ。大広間に行くドアだから。わたしたち、もっと階段を上がるのよ」

ルーシーは、どんな大広間なのか見てみたかった。でも、あとで見るチャンスはあるだろう。

ネリーは、さらに階段を上がっていったのか、姿が見えない。あとを追っていくと、左側に、また、緑色のスイングドアがあった。「それは、子ども棟へ行くドアよ。そっちには、あとで行くわ。わたしたちのメイド部屋は、もう一つ上の階なの。さあ、また上がるわよ」ネリーは、笑いながら、一度に二段も上がっていく。ルーシーは、はあはあいいながら、やっとのことでネリーについていった。

ルーシーが階段を上がりきると、ネリーが前に立って長くうす暗いろう下を進んでいく。光は、ろう下の前方と後方にある小さな窓から入ってくるだけだ。二人が歩くと、板張りのゆかはギーッときしみ、苦しくて悲鳴を上げているかのようだった。

「ここよ」ネリーは、ドアを開けた。暗くてせまい部屋だった。小さなベッドが二つ、小さな洋服だんす、ふちのかけた水差しと洗面器がのっている洗面台、そまつな整理だんす。ルーシーは、冷たい板張りのゆかに立ったまま、部屋の中を見回してぞっとした。こんなひどい部屋にねるなんて！　カーテンもない小さな窓が一つだけあるが、それも閉まったままだ。そのせいか、部屋はかびくさい。

「ルーシー、この部屋をわたしといっしょに使うのよ。あなたが来てくれて、ほんとにうれしいわ。あなたもここに夜一人でいたら、ひどくさびしい気持ちになるわよ。といっても、さびしがってるひまなんてないの。昼間の仕事でとってもつかれてるから、まくらに頭をのせたとたん、ぐっすりねむってしまうわ。それに、わたしたち、毎朝ベッドを整えて、部屋をきちんとしておかなくちゃいけないの。モリスさんが、週に二回調べにくるのよ。決まった場所にきちんと物を置いてないと、すごくおこるの。それからね、マントは洋服だんすにかけておいて、ほかの物は、あとで一番下の引き出しに入れるといいわ。あっ、そうだ、洗面台の下に便器があるわ」

ルーシーは、その大きくて白い陶器をちらっと見て、顔をしかめた。「トイレがないなんて！ううっ、きたない！」ルーシーは思った。

「さあ、急ぎましょう。オシェアさんにおこられちゃうから」ネリーがいった。

二人は、二階に下りた。ネリーは、先に立って、子ども棟に入る緑色のスイングドアを、さらに、白いドアを通りぬけていく。まるで、別世界に入っていくようだ。

ドアを入ると、正面に、あわいピンク色のサテンのカーテンがかかった大きな窓があって、そこから、明るい日の光が長いろう下に差しこんでいる。ろう下には真紅のじゅうたんがしかれ、ところどころにある半円形のテーブルの上には、陶磁器の置物がかざられている。陶磁器のことなど何もわからなかったが、ルーシーには、どれも美しく高価なものに思われた。窓の近くに、ごうかな彫刻をほどこした台が二つあり、その上に、見事なクジャクシダを植えたピンク色と金色の鉢がのっている。あわいクリーム色のかべに大きな油絵が何枚もかかっている。ほとんどが風景画だが、中には、狩りのようすをえがいたものもある。

ネリーは、マホガニー材のドアの前で立ち止まり、静かにノックしてから部屋に入った。ルーシーもあとに続いた。中は広々としていて、暖炉の火が赤々と燃えている。ゆかは黒っぽい色にぬってあり、部屋の真ん中に、小さなじゅうたんがしいてある。緑色の服を着た黒い目の美しい女の人が、背筋をのばしてテーブルにすわっていた。顔色は青白く、髪を後ろでまとめている。テーブルには、ふさかざりがついた茶色のベルベットのテーブルクロスがかかっている。男の子と女の子が、声を出して本を読んでいた。ルーシーの大好きな『宝島』だ。二人は、読むのをやめて、ものめずらしそうにルーシーをじろじろ見た。

「あの人は、きっと家庭教師だわ。この子たちは、館の子どもたちね。でも、どうして、オシェアさんは、ご家族は月末までおもどりにならないっていったのかしら？　ほかにも家族がいるのかしら」ルーシーは不思議に思った。

「ウェイド先生、この人、ルーシーといいます。まだ、十一さいです」ネリーがいった。

「こんにちは、ルーシー」ウェイド先生は、にこやかにいった。「十一さいにしては、しっかりした体つきね。きっと、ここの仕事もちゃんとできるでしょう。ネリー、あなたは台所にすぐもどりなさい。オシェアさんが待ってますよ。ルーシーには、わたくしが仕事の説明をしますから」

「ルーシー、こちらがエリザベスおじょうさま、こちらがロバートぼっちゃま」ウェイド先生がそういうと、ロバートが立ち上がって、ルーシーに親しそうにほほえんだ。

ルーシーは、今は周りの人の年がわからなくなっていたが、ロバートは十さいくらいに見えた。グレーとグリーンの縦じまのブレザーはとてもかっこいいけど、ひざ下でボタン留めにしているズボンは、あまりかっこよくない。その上、長いウールのくつしたをズボンのすそまで引っぱり上げている。それに、ロバートの髪型ときたら！ 真っすぐなブロンドの髪の毛が、真ん中からきちんと分けてとかしつけてある。デイビッドが見たら、笑い転げるにちがいない。

エリザベスは、十二さいくらいだろうか。ルーシーを上から下までじろじろ見て、あくびをした。ブロンドの長い髪を巻き髪にして、白い大きなリボンで後ろに束ねている。青いチェックの服の上に、フリルのついた白い胸当てエプロンをしている。もし不きげんそうに口をゆがめていなかったら、きっとかわいいはずだ。わたしは、茶色のごわごわしたそまつな服を着ていて、とてもみすぼらしく見えるにちがいない。そう思ったとたん、ルーシーは、もう、エリザベスをきらいになっていた。

「この人、前の人よりましだといいんですけどね」エリザベスは、ウェイド先生の方を向いて、生意気な口調でいった。それから、ルーシーにいった。

「毎朝、七時までには、学習室の暖炉の火をつけておいて。どの部屋も暖まってないのはいやだけど、学習室が暖まってないのは、ぜったいがまんできないわ」

「学習室に暖炉があるだけでも、幸せです。ふつうは、ありませんよ」ウェイド先生は、厳しい顔でエリザベスにいった。「さあ、音読を続けなさい。それから、ルーシー、あなたはわたくしについていらっしゃい。案内してあげます」

子ども棟には、ルーシーが今までいた居間のほかに、学習室が一つと寝室が三つあった。いちばん広い寝室はウェイド先生の部屋で、先生の居間として使えるように机などが置いてある。ロバートの寝室は質素だ。ゆかはリノリウムで家具は黒っぽい。一方、エリザベスの寝室はじゅうたんがしいてあって、その上にベージュ色の小さなインド製のしきものが置かれている。カーテンとベッドカバーは、暗い茶色のプリント模様だ。窓辺には、きれいなレースの服の人形が三つかざってある。

ここの子ども部屋は、グレノーランのわたしの部屋に比べたら、色もきれいじゃないし、居心地もよさそうじゃない。でも、さっき見た上の階のせまくてみじめな部屋に比べたら、ぜいたくそのものだわ。ルーシーは思った。

ウェイド先生は、部屋から部屋へと案内しながら、ルーシーが毎日することになる仕事を説明した。これは大変だ、集中して聞かなくては。ルーシーはきんちょうした。

「六時ちょうどに、まず、居間と学習室のよろい戸を開けること。居間のしきものはどけておいて、両方の部屋をほうきではき、ごみを暖炉の方によせる。暖炉の前に布を広げて、その上に灰入れ箱を置く。道具がどこにあるかはあとで教えます。灰をかき出してその箱に入れたら、暖炉の火床を黒鉛をつけたブラシでていねいにみがきます」ウェイド先生はいった。

「次に、火をおこします。あなた、火はおこせますか」

「いいえ」ルーシーは正直に答えた。家で、お父さんとお母さんは、ルーシーが火を使うことを決して許さなかった。

「おや、おや！」ウェイド先生は笑った。「あなた、これまでいったい何を教わってきたのかしら。では、わたくしがやって見せてあげましょう。今日は、暖炉のそうじがまだだから、やり方が全部わかって、ちょうどいいわ」

「暖炉の火をおこしたら、居間のしきものにブラシをかけます。最初に必ず紅茶の茶がらをまくこと。ほこりがまい上がらないし、いい香りもします。終わったら、家具のほこりをふき取ります。暖炉の上、棚、額縁も忘れないようにね」かべには、ビクトリア時代の古めかしい、子どもや犬や馬の絵が何枚もかかっている。

「表面のほこりをさっとはらうだけではだめです。いいですか、ルーシー。全部完ぺきにふき取って、小さなほこり一つ残さないようにしなければなりません。ああ、それか

ら、学習室の本棚も忘れないように。本棚のガラスは、すべてふいてからみがいてください。ここまでは、わかりましたか」

「はい」と答えながらも、ルーシーはぼうぜんとしていた。

「お子さまたちとわたくしが起きるのは七時ごろですから、それまでに居間と学習室をきちんと整えておくこと。次は、わたくしたち三人にお湯を運んでくること、七時ちょうどに。お子さまたちは、顔を洗って着がえをしたあと、ピアノの練習など、することがいろいろあるのです。あなたは、八時になったら朝食を持ってきて、そのあと……」

「まだあるのかしら」ルーシーはぞっとした。

「……わたくしの部屋とお子さまたちの部屋を同じ手順で整えます。まず、窓を開けて空気をすっかり入れかえ、そうじを始める前にシーツや毛布を全部外していすの背にかけます。それから、室内便器の中のはいせつ物をバケツに移します。次に、洗面用の水差しと洗面器の水を捨てて、きれいにふきます。飲み水用の水差しは、新しい水を入れる前に洗ってかわかします。あとは、ベッドを整えて、部屋をきちんとするだけです」

そこまで話すと、ウェイド先生はいった。「仕事が多すぎると思うでしょうけれど、なれれば手早くできるようになりますよ。それに、毎日、全部の家具をみがく必要はありません。週に一回でいいでしょう」

「がんばります」とルーシーはいったが、こんなにたくさんのことをどうすれば覚えられるのかと、不安でいっぱいだった。

「わたくしは、ときには、家政婦長のモリスさんの部屋でいっしょに食べることもありますが、ふつうは、学習室でお子さまたちと食事をします。ところで、ルーシー、時計は読めますか」

「ええ、もちろん」びっくりして、ルーシーは答えた。

「『はい、ウェイド先生』というのが正しい返事です」先生はほほえんだ。「朝食は八時、昼食は十二時三十分、四時三十分にお茶、夕食は七時です。時間どおりにしたいので、よく覚えてください」学習室にもどると、暖炉の上の時計をちらっと見てから先生はいった。「今、四時十五分ですから、お茶を運んでくる時間です。さあ、行きなさい。裏階段を使うんですよ」

ルーシーは、長いろう下を歩いていって、まず白いドア、次に緑色のスイングドアを通りぬけて階段をかけ下りた。さっきスコーンをかまどに入れていたメイドが、子どもたちのお茶のトレイをすでに用意していた。

「たったこれだけ？」ルーシーは、お皿のバターつきパンを見ておどろいた。「ウェイド先生のトレイを取りに、急いでもどってくるのよ」ミルクのコップを二つトレイにのせながら、メイドがいった。

そんなに重くないとはいっても、トレイを持って階段を上がるのは大変だった。子ども棟にたどり着いたとき、時計の針は四時四十分を指していた。

ルーシーが時計をちらっと見たのに気がついて、エリザベスは意地悪くいった。「ウェイド先生、この人、おくれました。わたし、お茶を待ってたのに」

「なんて、いやな子！」ルーシーは思った。ロバートは、同情するようにルーシーを見た。

「初めてにしては、とてもよくやっていますよ」先生は、まゆをひそめながら、エリザベスにいった。「さあ、ルーシー、今度は、わたくしのお茶を運んできて」

ウェイド先生のトレイには、温めたスコーンのお皿と、厚切りのフルーツケーキ二切れのお皿がのっていた。「こうでなくちゃ」ルーシーは、自分もおなかがすいていることにとつぜん気がついて、わたしのお茶にもフルーツケーキがついてるといいなと思った。前よりも速く階段をかけ上がってトレイを持っていくと、ウェイド先生は、にっこりして受け取った。「三十分くらいで終わりますから、トレイを下げに来てください」

「ウェイド先生は、いい人みたい。ロバートは問題ないけど、エリザベスは、ほんとにいやな子！」そう思いながら、ルーシーは、階段をかけ下りて台所にもどった。 

台所には、だれもいなかった。ルーシーが困っていると、ドアが開いて、フローリーが顔を出した。「ああ、もどってたのね」

「ここに来ればわたしのお茶もあるってウェイド先生にいわれたけど、だれもいないんです」

「わたしたち、台所では食べないの。お茶や食事をするのは使用人食堂よ。教えてあげるから、ついてきて」

フローリーについて大きなかまどの横のドアを出ると、また別の石のろう下に出た。ろう下のかべの高い所には、長い板がはってあって、ベルがたくさんついていた。ルーシーがそれをちらっと見たのに気がついて、フローリーが説明した。「ベルは、一つ一つ、別々の部屋とつながってるの。ベルが鳴ったらすぐ、だれかが、その部屋にかけつけなければならないのよ。すぐにね！」

二人は、長いろう下を歩いていった。「部屋やろう下が、どうしてこんなにあるのよ！」ルーシーは、思わずいってしまった。

「そうなのよ。新しく来た子は大変よ。全部覚えるのに何年もかかるわ」フローリーは笑った。

「ここが家政婦長の部屋で、となりは、食品やお酒をじっくりねかせておく食品貯蔵室なの」

フローリーが、そばのドアに顔を向けた。

「食品やお酒もねるのね。じゃあ、静かにしなくては」ルーシーは、くすっと笑いながらいった。

「食品をねかせるって、そういうことじゃないのよ」フローリーは、あわれむようにルーシーを見た。「ここは、果実酒や野菜のピクルスや果物の砂糖づけなどを作って貯蔵しておく場所よ。家政婦長が管理してるの。この先を右に曲がると、お酒やグラスや銀のスプーンやフォークなどを置いてある部屋があって、そこは執事が管理してるの。でも、わたしたちは、ここから使用人食堂に入るわ」

フローリーが案内したのは、台所によく似た大きな部屋だった。ゆかには板石がしきつめられていて、暖炉には火が赤々と燃えていた。少し小さめの戸棚には、皿やティーカップと受け皿が並んでいる。部屋は人でいっぱいで、みんな、真ん中にあるテーブルの周りにすわっていた。

「ネリーのとなりにすわるといいわ」がやがやと話し声がする中で、フローリーがいった。

ルーシーは、そっと、いすにすわった。話し声がぴたっとやんで、使用人たちみんながものめずらしそうにこちらを見ているのがわかった。

この部屋で白い帽子をかぶってないのは、きっと、わたしだけよ。それに、このみっともない茶色の服なんか早くぬいでしまいたい。ルーシーは、自分がひどくいなか者に見えるにちがいないと、痛いほど感じていた。

「この子はルーシー。ブリジッド・マッキンタイアのめいで、子ども部屋の仕事をすることになったんだよ」オシェアさんが説明した。使用人たちは、ルーシーを見てほほえんだ。テーブルのはしにいる太った若い女の人が、そばにある大きな茶色の陶器のポットから、二つのカップにお茶をそそいだ。カップは、ルーシーとネリーまで順々に手わたされた。

「あの人はベッキー、洗濯部屋の責任者」ネリーが小声でいった。

ルーシーは、おなかがすいていた。テーブルにフルーツケーキはなかったが、グーズベリージャムをぬった丸いパンがあったので満足だった。二つめの丸いパンを食べ終わったとき、ネリーが、「一枚、取ったら？」と別の皿を手わたした。

「これは？」ルーシーは、不思議そうに、うす切りにした黄色いものを見た。

「トウモロコシ粉のパンよ。食べたことないの？」ネリーは、おどろいていった。

「もちろん、あるけど。ただ、いつも、最初に食べることになってたから」ルーシーは、変に思われたくなかったので、わざとさりげなくいった。一枚取ってバターをうすくぬると、びっくりするほどおいしい。ルーシーは、もう一枚取った。

「家政婦長って、どの人？」パンをほおばりながら、ルーシーはネリーに聞いた。

「ここにはいないわ。特別な夕食のときしか会えないの。家政婦長は、自分の部屋で、朝食もお茶もふだんの夕食も、執事やおくさまづきの侍女やご主人さまづきの従者といっしょに食べるのよ」

「執事？　あの、しらががほんの少しあるだけで、ほとんどはげてる人？」

「そう、それがウインターズさん。とても堂々としていて、ロンドン生まれよ。でも、ルーシー、どこで会ったの？　えっ！　まさか、正面げんかんになんか行ってないわよね」

「行ってはいけなかった？　そんなこと、わかるはずないわ」ルーシーは顔を赤くして、言い訳をした。そして、あのときの執事のようすを思い出した。ウインターって冬のことよね。あの冷たさにぴったりの名前だわ。ルーシーは、くすくす笑ってしまった。

　お茶の時間が終わると、使用人たちは、暖炉のそばのいすにすわった。縫い物や、編み物を取り出す人もいた。大きなトレイを持った男の人が入ってきて、お茶の後片づけを始めた。「あ、そうだ！」ルーシーは子ども部屋のトレイのことを思い出して、あわてて食堂を飛び出した。

　子ども部屋のお茶の時間は終わっていて、ウェイド先生が、親切に、食器を全部大きなトレイにのせてくれていた。トレイを下げたらすぐもどってくるように、と先生がいった。そろそろ夕方なので、ルーシーには、暖炉の火をおこす仕事がある。

「あーあ、どこに行くにも階段、階段なのね」トレイを台所に置くと、ルーシーは、また階段をかけ上がり、居間に入ると、ウェイド先生が小さなドアを開けた。「ここが、そうじ用のほうきやぞうきんを置いておく部屋です。あなたのそうじ道具箱も、ここにあります。中に、黒鉛、つや出しやみがき用のブラシ、紙やすり、布、なめし皮などが入っています。あなたは、この箱の中の物を切らさないように、いつも注意していなければなりません。さあ、その道具箱と灰入れバケツ、木切れと紙が入っている箱も、全部いっしょに持って出なさい」

ウェイド先生の部屋に行くと、先生はルーシーにいった。「暖炉の前の小さなしき物をくるくると巻いておいてから、道具箱の中の布を火床の前に広げなさい。それから、灰をかき出して、バケツに入れます」

「暖炉用の着火棒は、どこにありますか」ルーシーはたずねた。

「着火棒？」先生は、いっしゅん、不思議そうな顔をした。それから、笑っていった。「あなたがいってるのは、これのことかしら？」先生は、小さな木切れとひねった紙が入っている箱をルーシーに手わたした。着火棒もないなんて、おくれてる！　ルーシーは、あきれて声も出なかった。

先生は説明を続けた。「いつでも、まず、もえ残りの石炭を少し火床に置きます」けれども、ルーシーがぽかんとしているのを見ていった。「ここのやり方を、わたくしがやって見せましょう。そうしたら、あなたにもできるでしょう」

「ありがとうございます。ウェイド先生」ルーシーは、ほっとした。先生の部屋には、暖炉の前に真ちゅうの低い囲いが置いてある。その横に、えの長い真ちゅうの火かき棒など、立派な暖炉道具もそろえてある。

「ふだんはその立派な道具ではなく、こちらを使います」ウェイド先生は、暖炉わきの、みがきこんだ木箱の裏側にかけてある、つやのない黒い火ばさみ、火かき棒、シャベルなどを見せた。灰入れバケツのふたを取って、先生は、石炭の燃えがらを取り出した。「まず、火床にこれを少し置いてから、紙とよくかわいた木切れを十本ほどのせます。これが、あなたのいう着火棒かしら？　それから、木切れの上に、空気が通りやすいようにすきまを作りながら、石炭をいくつかのせます。けむりが部屋に入らないで、えんとつにまっすぐ上がっていくためには、おくの方で火が燃えるようにすること。いつも、それを忘れてはいけません」先生は、手をのばして暖炉の上のマッチ箱を取り、火をつけた。「これで、もう、よく燃えるはず……。さあ、次は、ロバートぼっちゃまとエリザベスおじょうさまの部屋の暖炉です」

少し自信がついたルーシーは、道具箱を持ってロバートの部屋に行って、できるだけ注意しながら暖炉の火をおこした。それからエリザベスの部屋に入ると、洗面台の上にかけてある鏡に、自分が映っているのに気がついた。赤毛の髪を三つ編みにして頭の周りに巻きつけた、つかれたようすの女の子。なんて、ひどい顔！　ルーシーは、ぎょっとした。

　エリザベスの部屋の暖炉の火をおこしてから居間にもどると、メイドが、ランプの明かりをつけたり、窓のカーテンを引いたりしていた。そのとき、エリザベスのさけび声が聞こえた。

「ウェイド先生、ウェイド先生！　あのばかな子のせいで、わたしの部屋が火事です。けむりでいっぱいなんです」

　先生とルーシーは、エリザベスの部屋にかけこんだ。けむりが、暖炉からもくもくと出ている。

「先生、ロバートの部屋も見てください……」ロバートの部屋を見に行ったエリザベスが、大声でいった。「こっちは、火が消えてます！」

　二つの暖炉を見たあと、ウェイド先生は、厳しい口調でルーシーにいった。「火のおこし方を教えたとき、わたくしの話をしっかりと聞いてなかったんですね。エリザベスおじょうさまの暖炉のけむりは、火種の場所が前に寄りすぎていたせいです。ロバートぼっちゃまの方は、空気の通り道がなかったせいです。エセル、ラングレーの館ではどのようにして火をおこすか、ルーシーに見せてあげなさい」

　しかられてほおを赤らめたルーシーは、エセルについてロバートの部屋に入った。ルーシーは、さっき、お茶の時間にエセルを見かけて、とてもきれいな人だと思った。たけの長い黒い服にフリルのついた白いエプロン、頭には白い小さな帽子。帽子の後ろについている細長いリボンが、茶色の巻き毛にかかっている。エセルは、火ばさみを使って火床をすばやく整えてから、火をおこした。そして、エリザベスの部屋では、暖炉の中の石炭をおくにずらして、紙と木切れを入れ直した。「心配しないで、ルーシー。あなたも、すぐできるようになるわ」エセルは、なぐさめるようにいいながら、にっこりした。

もう一度ロバートの部屋をのぞいてみると、暖炉の火は、勢いよく燃えていた。

居間にもどったルーシーに、ウェイド先生がいった。「急いで。そろそろ七時ですから、早く夕食を持ってきてください」

手芸をしていたエリザベスが、勝ちほこったようにルーシーをちらっと見て、さけんだ。「ウェイド先生、わたし、裁縫箱をひっくり返しちゃって、中の物がゆかに散らばってます。あの子に、片づけさせてください」

「夕食を運んできてからね」先生は、うんざりしたようにいった。

ランプが、ろう下や階段のところどころに灯っていた。台所では、料理人のオシェアさんが、いそがしそうにハムをうす切りにしていた。フローリーは、トレイの上に、小さなビスケットをのせた皿と青と白の模様のティーポットを並べているところだった。「あのハムは、ウェイド先生のよ」

「おじょうさまとぼっちゃまにカスタードソースをかけたライスボールを用意しなさい」オシェアさんが大声でいった。フローリーは、小さな丸い型から冷たいライスボールを二つ、ガラスのお皿に移してカスタードソースをかけた。ルーシーは、お米がきらいだったので身ぶるいした。

ルーシーが部屋のすみで四つんばいになってエリザベスの裁縫箱の中身を一つ一つ拾っていると、子どもたちの話し声が聞こえた。

「お母さまとお父さまのお帰りは、もうすぐですよね?」エリザベスがいった。

「そうです。二、三日したら帰ってこられます。そのあと、おおぜいのお客さまをお招きするので、準備でいそがしくなりますよ」ウェイド先生がいった。

「今度は、わたしもディナーの席に出られると思うんです。お父さまが、約束してくださったんですもの」エリザベスがいった。

「さあ、それはどうでしょうね」ウェイド先生は首をかしげた。「お母さまは、十五さいになってから、とおっしゃってますよ」

「そんなの、ひどいわ」エリザベスはさけんだ。「みんな、わたしのこと、ロバートと同じ年くらいに思ってる。わたし、二さい上なのよ。赤んぼうじゃないんだから、一人前にあつかってもらいたいわ。わたしは、今年もお茶の会だけなんでしょ。お茶の会では、『エリザベスは背がのびたんじゃない？』、『髪の毛の色がきれいね』、『ほおがピンク色ね』なんて話ばっかり。もう、いや！　今年は、ぜったい出ないわ」

「エリザベス！」ウェイド先生は、ショックを受けたようだった。「そんなふうにいうものではありません。お母さまにいわれたときは、あなたはお客さまにごあいさつに行かなければなりません」

エリザベスは、小声でぶつぶついいながら、部屋から飛び出していった。

ルーシーが最後に糸巻きを片づけて部屋を出ようとしたとき、「忘れないでね。朝七時にお湯ですよ」とウェイド先生がいった。「今日は、もう、エリザベスの世話をしなくてもいいんだわ」ルーシーはほっとした。

ろう下を歩いて緑色のスイングドアをぬけると、ルーシーは、かべにもたれた。なみだがあふれてきた。どうして、わたし、こんな家にいるの？　みんなにどなられて、いちばん下っぱのメイド以下のあつかいを受けて、仕事、仕事、仕事ばっかり！　ひどすぎるわ。あのとき、もっと大きな家がほしいとお願いはしたけど、こんなことになるなんて。ルビーの指輪とか、二つの願いごととか、もうたくさん！　ルーシーは、いかりがこみ上げてきた。

とつぜん、ルーシーは思い出した。願いごとは二つできるんだった！　わたし、どうかしてたわ。指輪よ、指輪！　どうして忘れてたのかしら。もう一つ、願いごとをかなえてもらえるんだった。家に帰りたいとお願いしてもいいんだ。指輪を二度回せば、ちゃんとグレノーランにもどれる。便利で快適な生活と、大好きなお父さんとお母さん、それから弟のデイビッド。わたしへの誕生日プレゼントのことでデイビッドがどんなに張り切っていたかを、ルーシーは思い出した。それなのに、わたしは、作文で一位になれなくて、デイビッドに当たり散らしてしまった。今思うと、ずいぶん昔のことのように思える。大したことではなかったのに。これからは、デイビッドにもっとやさしくしてあげよう。

願いごとをするのはいつにしよう。この館、まだ全部は見てないし、使用人たちの暮らしについても、もっと知りたいわ。それに、わたしがいなくなると、ネリーは、また一人でさびしいだろう。でも、あの山のような仕事と意地悪なエリザベス！　そうだ、元の世界にもどるのは、やっぱり、今夜だ！　それに、お父さんとお母さんだって、朝になってわたしがいないのに気がついたら、どんなに心配するかわからないもの。

ルーシーは、二番目の願いごとをしようと、どきどきしながら階段にトレイを置いて、すわった。手に目をやったとたん、息が止まった。ない！　指輪がない！

ルーシーは、ぼうぜんとして手を見た。指輪は、どこ？　みっともない茶色い服のポケットの中を、ふるえる手で夢中になって探した。ない！　はじめは頭が混乱していたが、落ち着いてきちんと考えてみた。もしかしたら、指輪は、メイド部屋に置いた荷物の中かもしれない。そういえば、マントにはポケットがあったはずだ。指からぬけてポケットの中に落ちたのかもしれない。もともと、少しゆるかったんだもの。きっと、そうよ。あせることはなかったんだ。魔法って、ほんとに不思議だわ。さっきまで指輪のことをすっかり忘れていたなんて。今すぐ指輪を見つけて、願いごとをしなくては。

なみだをぬぐいながら、ルーシーは、階段をかけ上がってメイド部屋へ行った。ドアのノブを回すとき、胸がどきどきした。しかし、中に入ろうとすると、後ろで声がした。「あなた、何してるんですか！」

ルーシーは、こおりついた。背の高いやせた女の人が、ろう下の向こうからルーシーの方へやって来た。腰に下げた大きなかぎの束が、動く度にジャランジャランとうるさい音を立てる。「あなたが子ども部屋づきの新しいメイドですか」

「はい、ルーシーです」ルーシーはおずおずと答えたが、手は、まだ、ドアのノブにかけたままだ。

「わたしはミセス・モリス、家政婦長です。この館のすべてを管理しています。あなたのことは、おばさんのブリジットからいろいろ聞いています。よく気がついて、しっかりした子だ、といっていました。そう願ってますよ。ところで、一日の仕事が終わるまでは、決して自分の部屋にもどってはいけません。今回は、最初の日だから、許してあげます。しかし、二度と同じことをしてはいけません。すぐに仕事にもどりなさい。ちょうど、あなたを探していたところです。仕事着をわたしますから、いっしょに来なさい」

「はい、モリスさん」ルーシーは、弱々しい声で答えると、モリスさんについて階段を下りた。さっき置いたトレイを忘れずに持っていった。「なんて、いばってるの！　でも、いいわ。仕事が終わって部屋にもどったら、ラングレーの館にはおさらばだわ」

モリスさんは、家政婦長室に入ると、かべにずらりと並んだ棚から服を取り出して、ルーシーにわたした。「青いプリント模様の服と黒い服があります。青いのは午前中、黒いのは午後に着ます。そうじをしたり火をおこしたりするときは、こちらのこい青のエプロンをして、午後は白いエプロンをするんですよ。大きな帽子は午前中に、フリルのついたのは午後にかぶります」

「今、着がえてもいいですか」部屋にもどれると思って、ルーシーはたずねた。

「いいえ、今夜はそのままでいいです。もうすでに、夕食が始まっています。すぐに使用人食堂へ行きなさい」

モリスさんがタカのようなするどい目で見ているので、ルーシーは、いわれたとおりにするしかなかった。ろう下を通って食堂へ行くと、使用人たちが、そろって夕食をとっていた。長いテーブルの上に、台所と同じような大きなランプが天井から下がっている。だれかが、ルーシーの前にお皿を置いた。「マトンのパイよ」ネリーが小声でいった。パイは味がよくて、心配ごとはあっても、おいしく食べた。テーブルのあちこちに、パンを山のようにのせたお皿と黄色いバターをのせたお皿が置いてあった。

おくの席で、オシェアさんが上きげんで話している。「そうかもしれないね、フローリー。でも、わたしがいいたいのは、やっぱりお金は大事、ということだよ。このお館だって、おくさまが引きつがれる前は、あれ放題だった」

「ターコネル家は、アイルランドで最も古い家柄の一つですよね」フローリーがいった。

「たぶん、お金はなかったでしょうが、お金で買えないものをすべて持っていたと思います。立派な家系、ずっと昔からの貴族の肩書き。一方、ラングレー家は、何を持っていたのかしら、お金以外に」

「なにしろ、このお館はあれ放題だった」オシェアさんはくり返した。「年代物ではあるけどさ。おくさまが最初にここに来られたとき、どんなふうだったか、みんな、知ってるよね」

「あれ放題どころか、今にもくずれそうだったわ」エセルがいった。

「代々のターコネル卿には、それでよかったんです」フローリーが、興奮した声でいった。

「でも、おくさまにはよくなかった。はっきりいえば、わたしにもよくなかった」オシェアさんは、体をゆすって笑った。「ここを一目見て思った。こんな場所のために、オクスフォード州での快適な生活を捨てたなんて。寒くて、しめっぽくて、雨もりはするし、かべにはかびが生えているし……。わたしはそのことを申し上げようとしたのさ。ウィンターズさんとエセルも同じ気持ちだったと思うけど。そしたら、おくさまが『これをこわしましょう。そして、もう少し立派な館を建てましょう』といわれた。おくさまは、お館を大改造する計画を持っておられた。そうして、そうなさった。四年かかった。でも、それだけの価値はあっただろ？」

「おくさまは、ターコネル卿夫人と呼ばれるようになったんでしょ。それだけでは足りなかったんですかね」フローリーは、さらに興奮していった。「その貴族の称号って、レッド・ヒュー公の時代にさかのぼる大したものなんですから。そして、館の名前をラングレーに変えるについては……」

「とにかく」エセルが口をはさんだ。「ご主人さまは、湿気の少ない快適なお住まいを手に入れられたのよ。浴室もできたし。ご主人さまがこの館の住み心地について不平をいわれるのは聞いたことがないわ。それに、おくさまが館の名前を変えたのは当然でしょう。館を建てかえたのは、おくさまのご実家のお金だったんだから」

「正確にいえば」オシェアさんがいった。「おくさまは、全部とりこわしたんじゃなくて、前の方だけだよ。後ろの方には、今も、古い建物がいくつもあるだろ？　わたしなら、全部こわしたのに。残念なことだった」それから、フローリーがおしだまっているのを見て、さらに続けた。「フローリー、よく聞いておくれ。わたしは、ターコネル卿を悪くいうつもりはない。ターコネル卿は、ほんとに立派な方だよ。小作人にもよいご主人だ。たぶん、代々のターコネル卿もそうだったんだろう」

オシェアさんはお茶をもう一ぱい自分でつぐと、テーブルのはしにすわっているネリーにいった。「ネリー、わたしは、四十年以上前にここで働き始めたんだ。おまえと同じように、皿洗いのメイドとしてだよ。あのころは、ほんとにひどい時代だった。先代のご主人さまが、ここに無料給食所をお作りになったんだ。やせ細って、おなかをすかせた人たちが、毎日、大勢やって来て行列ができた。着るものもなく、布きれ一枚の人もいた。おそろしい光景だった。一八四六年のことだった」

「ねえ、フローリー」オシェアさんは、フローリーの方を向いた。「もしも、あんたがあのころここで働いていたら、おくさまのなさったことを不満に思ったりしないだろうよ。昔の台所のことを思い出すよ。とにかく、寒かった。冬のいちばん寒いときには、つららが下がっていた。体が温まるなんてことはなかった。つららといえばね、つららはいくらでもひさしからもぎ取って使うことができたんだけど、あのころは、デザートを冷やすなんてことはしなかった。なんといっても、快適なのがいちばん。もし、快適な暮らしがお金で買えるなら、わたしは、お金のためになんでもするよ」

「確かに、そういう人もいますよね」フローリーがいった。

「でも、おくさまの財産は、ちゃんとしたものだよ。ご家族が、ロシア人相手にニシンとアサ糸の商売で大成功したんだ。おくさまの父君は百万長者になられた。百万といえば、大変な金額だったころだよ」オシェアさんは、何か思い出したらしく、また笑った。「ラングレー家の家訓の話をしたことがあったかね？　おくさまの父君が準男爵に任じられたとき、紋章に、よりによってニシンを使ったんだよ。それなのに、家訓は、『すべてのよきものは天から来る』にした。財産は海から来たのに、おかしいよね」

「オシェアさんは、なぜ、ここをはなれたんですか」ルーシーがたずねると、年上の人たちが、ひどくおどろいたようすでルーシーを見た。そのしゅんかん、自分やネリーが会話の仲間入りするとは思われていないのだ、とルーシーは気づいた。

「男だよ、ルーシー。世の中のあらゆるやっかいごとの元は男だよ。わたしは、フィンティ・オシェアと結婚したのさ。ネザートン公爵の従者でね、わたしをそこの台所で働くようにしてくれた。わたしは、そこで料理長にまで上りつめた。その後、ラングレー家がもっとお給料を出すといったので、そちらに移ったのさ。そして、ルイーザ・ラングレーさまがターコネル卿と結婚するとき、わたしもいっしょについてきた。つまり、ここにもどってきたというわけ。わたしにとって、ここは特別な場所。まるでわが家に帰ってくるような気持ちだった」

「エリザベスおじょうさまは、ほんとにおくさまに似ているわ」フローリーがいった。

「ロバートぼっちゃまの方は、残念なことに、ご主人さまに似ているね。将来、ぼっちゃまに任せておいたら、財産は一ペニーも残らないだろうよ。何もわかってないんだから。いつか、こんなことを聞かれたよ。『ぼくたち、ここを全部受けつがなければならないの？』って」

「オシェアさんは、そのとき、なんて答えたんですか？」ベッキーがたずねた。

「わたしはいったんだよ。『ぼっちゃまが受けつがなければ、だれが受けつぐというんです！』

でも、その話はもうやめよう。来週、パーティーがあるから、明日から準備にとりかからなくては。お客さまはいつなんどきいらっしゃるか、わからないからね。フローリー、明日、こんだてを決めよう。モリスさんが見たいそうだ。どんな食材が使えるか、確かめなくては。ネリー、明日の朝、マクダイアさんのところへ行ってどんな野菜と果物があるか見ておいで。ともかく、狩りのえものは、たくさん手に入るだろう。ゴードン家の方々は、今年、おいでになるのかい？」

「おいでになります」エセルは答えた。それを聞いて、オシェアさんは満足そうだった。「ゴードンさまの狩りの腕前は大したものだよ。まるまるとしたヤマシギなんて悪くないね。それから、スウィーニーが、ライチョウも何羽か手に入りそうだといっている。シカの肉が主になると思うがね。もしかすると、ヒドリガモも少し使うかもしれない。ネリー、えものの料理をメモしたわたしのノートを持ってきておくれ。去年、ご主人さまは、わたしが作ったヤマウズラのサラミを、ことのほかほめてくださった。スペンサー卿が、あの料理をお気にめしたそうだ。でも、あの方は、アイルランド総督になられて、今年は残念なことにおいでにならないんだよ。きっと、パーネルと選挙のことでおいそがしいのさ」

ルーシーは、自分の部屋へ行くことばかりに気を取られて、ほかのことは考えられなくなっていた。ついに、大あくびを二つした。オシェアさんが、ルーシーの方を見ていった。

「ネリー、ルーシー、二人とも、もうねなさい。いつもよりおそいよ。ろうそくを持っていきなさい。五時半には起きるんだよ、いいね」

ルーシーは、自分のろうそくを取っておやすみなさいをいったあと、ひとり言をもらした。

「もし、これ以上、何かいいつけられたら、大声でわめいてしまいそう」

ルーシーは、ろうそくが消えてしまわないかと心配で階段をかけ上がれなかったが、できるだけ急いでうす暗い階段をあがり、部屋へ通じるろう下を歩いていった。後ろについて来たネリーがおどろくほどの速さだった。ゆか板がギシギシ鳴ったり、ろうそくの光でできるかげがゆれ動いたりすれば、ふつうなら背筋がこおりつくほどこわいのに、今は全く気にならなかった。

やっと自分の部屋に着いたルーシーは、ろうそくを整理だんすの上に置くと、洋服だんすから茶色の長いマントを出して、注意深く調べてみた。確か、ポケットがあったはずだ。ぜったい、ある。しかし、ポケットはなかった。ルーシーは、ベッドの上にマントをていねいに広げ、少しずつ指をずらすようにして調べた。小さなほつれやさけ目も見のがさないようにした。しかし、指輪は、見つからなかった。

どうしよう！　ルーシーは、すすり泣きながら持ち物の包みを取り出すと、夢中で開けて、中身をすべてベッドの上に広げた。今着ているのと同じみっともない茶色の服、長くてゆるゆるのスリップ二枚、長そででハイネックの下着みたいなもの、それに、ひざ下までのブルマー二枚、長くて黒いウールのストッキング、小さいタオルとくし、それで全部だった。

ベッドの上の茶色の服を手に取ってよく見ると、ポケットはあったが、気が変になりそうなくらい探しても、指輪はなかった。ルーシーは、包みの中の一つ一つを注意深く調べ直した。やはり、出てこない。とうとう、探すのをあきらめた。今はもう、このおそろしい事実を認めないわけにはいかない。ルビーの指輪はなくなってしまった。どこへ行ったのかはわからない。ただ、一つはっきりしているのは、指輪が見つかるまで、ルーシーはラングレーの館でとらわれの身だということだった。

3 指輪が見つかる

ルーシーが必死に指輪を探しているあいだ、先にベッドに入っていたネリーは、ルーシーをじっと見ていた。

「ねえ、いったい何してるの？」とうとう、ネリーがたずねた。

「ちょっと探し物をしているの。明日の朝、もう一度探すことにするわ」ルーシーは、元気なく答えた。

とつぜん、ポケットじゃない、という気がしてきた。指輪は、きっと、ゆかに落ちてしまったんだ。朝いちばんに探そう。

「もうねた方がいいわ。そうしないと、朝、起きられないわよ」ネリーがいった。

ルーシーは、重い気分で、洋服だんすにマントをもどし、そのとなりにさっき調べた茶色の

服をかけた。ほかの物はたたんで、整理だんすの二番目の空の引き出しに入れた。それから、手さぐりで服のボタンを外してぬぐと、それも洋服だんすにかけた。次に、厚手の長いスリップをぬいだ。黒いブーツがきつく足をしめつけていたが、ボタンを外してゆるめるのに時間がかかった。ひざ下までのブルマーは、わきのボタンを外してぬぎすてた。それから、黒くて長いストッキングをぬいだ。ストッキングをくつ下留めで留めていたので、太ももにみみずばれができていた。長そでの下着は、はだに当たってちくちくしたが、部屋がひどく寒いのでそのまま着てねることにして、その上からごわごわのねまきを急いで重ね着した。

「ねまきに着がえるのも、ひと仕事だわ」ルーシーは、ため息をつきながらベッドにもぐりこみ、でこぼこのマットレスになんとか体をなじませようとした。今まで一生懸命がまんしていたが、目を閉じると、まぶたのおくからなみだがあふれ出た。

ルーシーの泣き声を聞いたネリーは、あわててルーシーをなぐさめた。「心配しないで、ルーシー。慣れるまで少し時間がかかるけど、慣れてくれば、きっとここを好きになるわ」

「でも、わたし、ここの人間じゃないの、ネリー」ルーシーはすすり泣いた。

「わたしも来たばかりのころは、ここになじめなかった。でも、ほかのメイドたちとも知り合いになれたから、今はあのころとまったくちがうわ」

ルーシーは、思わず指輪のことをしゃべってしまいそうだった。しかし、自分が別の時代から来たことなど、ネリーは決して信じてくれないだろうと考えて、何もいわなかった。

「とにかく、ここでは十分に食べさせてくれるわ」ネリーは、ルーシーを元気づけるようにいった。「でもね、家政婦長の部屋の食事とはちがうわよ。あの部屋の食事は、ほんとにすごいんだから」ネリーはくすくす笑った。「オシェアさんがこんな話をしてくれたことがあるの。いつも食べ物のことで文句をいっているイギリスの貴族が、あるとき執事を呼んで、『わたしは、家政婦長の部屋できみたちが食べているようなぜいたくなものを食べたいわけではないが、せめて使用人たちの食堂で出るのと同じくらいのものを食べさせてもらいたいね』といったそうよ」

初めてルーシーが笑ったのを見て、ネリーは続けた。「わたしはここに来てからおなかがすいてたまらないと思ったことは、一度もないの。うそじゃないわ」

ルーシーは指輪のことを忘れて、ベッドに起き上がり、ネリーに聞いた。「じゃあ、ここに来るまでは、いつもおなかがすいてたの？」

「そう、いつもよ。おなかが空っぽで気持ちが悪かったことは、ぜったい忘れないわ。でも、それは、わたしがひとりぼっちで暮らしていたときのことなの。ひどい時代だったのよ。忘れるのがいちばん」

「家族の人たちは死んでしまったの？」ルーシーは、同情して聞いた。

「死んではいないわ。でも、死んだようなものよ」ネリーは、きっぱりといってから、小さな声でつけ加えた。「アメリカにいるの。みんな、アメリカに行ってしまったの。もちろん、わたし以外だけどね」

ルーシーは、もっといろいろ聞いてみたかったが、この皿洗いのメイドの顔に人を寄せつけない悲しそうな表情がうかんだのを見て、聞くのを思いとどまった。その代わりに、「ここにはたくさんの使用人がいるわね。ご主人さまの一家は、大家族なのかしら」といった。

ネリーは笑いながらいった。「お子さまは、エリザベスおじょうさまとロバートぼっちゃまだけよ。もちろん、ご主人のターコネル卿とおくさまがいらっしゃるけど。お二人は、ここには一年の半分ぐらいしかいらっしゃらないの。いつもは、春に南フランスにいらっしゃって、一度ここに帰られる。そのあと、社交界シーズンにはロンドン。そのあと、またここに帰られて、それから、ライチョウ狩りのためにスコットランドにいらっしゃる。スコットランドから帰られてから、ラングレーでも狩りをなさる。もちろん、スペンサーさんとフォックスさんがいつもいっしょなの」

「スペンサーさんとフォックスさんって、いったいだれ？」ルーシーはたずねた。

「スペンサーさんはおくさまづきの侍女、フォックスさんはターコネル卿づきの従者なの。二人はいつもご主人さまたちのお供をするわ」

「まあ、たったそれだけの人のお世話をするために、こんなにたくさんの使用人がいるなんて！」ルーシーはびっくりした。

「身分の高い人たちは、みんな、そうなのよ、ルーシー。とにかく、この館はとても広いの。エセルやミニーが、仕事が大変だと、いつもぶつぶつ文句をいってるわ。部屋のそうじ、暖炉の火の始末、ベッドを整えるなど、やらなければならないことがいっぱいあるのよ。とくに、お客さまがおとまりになっているときなんか、大変よ」

「エセルには会ったけど、ミニーって、だれ？」

「ミニーは、今日は休みだったけど、メイド見習いなの。だから、きつい仕事はほとんどミニーがしなければならないわ。かざってある置物のほこりをはらったり、家具をみがいたりする楽な仕事はみんな、エセルがやって、ミニーは、かわいそうに、はいつくばって、ゆかをこすったりみがいたりする仕事ばかりしてるわ。ミニーの仕事がちゃんとできてるかどうかはエセルが確かめて、エセルの仕事がちゃんとできてるかどうかはモリスさんが確かめるの」

「みんな、いつも大いそがしなのね」ルーシーは、館の正面げんかんの辺りや、ずらりと並んだ窓のおくにあるはずのたくさんの部屋のことを思いながら、いった。

「でも、台所で働くよりは、ましよ」ネリーの言葉には、実感がこもっていた。

「フローリーは台所のメイドよね」

「そう、マギーもね。あなたがここに着いたとき、マギーがいたでしょ。台所や使用人食堂やろう下のゆかをこすったりはいたりするのは全部、あの人たちの仕事なの。正面げんかんの階段もよ。台所での仕事はどれも、大変よ。そして、もちろん、フローリーとマギーは、オシェアさんの手伝いもしなければならないの。野菜を洗ったり肉を切ったりするほかに、使用人食堂や子ども部屋や〈あのお部屋〉の食事をトレイに並べたりね」

「〈あのお部屋〉って？」ルーシーは口をはさんだ。

「家政婦長のお部屋のことよ。みんな、〈あのお部屋〉って呼んでるの。そういえば、フローリーは、難しいグレービーソースも作るわ」

「フローリーは、いつもだれかと議論してるのかしら」ルーシーが聞いた。

「そう、年がら年中よ。とくに、エセルとね！　フローリーとマギーは姉妹なの」

「確かに、二人はちょっと似てるわ」ルーシーは、顔が大きくてほおが赤い二人を思いうかべた。

「それから、ベラ・ジェーン。食品貯蔵室の係よ。朝食やお茶の用意をしたり、パンやスコーンを焼いたりするの」

「オーブンにスコーンを入れてた人？」

「そう、あれがベラ・ジェーン。今日は、モリスさんのジャム作りを手伝ってたの。それで、オシェアさんがベラ・ジェーンに代わって、スコーンを作った。だから、オシェアさんにお礼をいってたのよ。二人はときどき大げんかをするけどね。朝食のとき、オシェアさんの肉料理とベラ・ジェーンのロールパンがタイミングよくそろわないと、二人のいい争いが始まるわ」

「仕事がすごく細かく分かれているから、もめるのね。まるで労働組合のもめごとみたい」そう思ったルーシーは、ネリーに聞いた。「それで、あなたの仕事は何？」

「ほかの人がやりたがらない仕事全部よ！」ネリーは元気に答えた。「よごれたなべやフライパンやボウルを洗うのが主な仕事。食器洗い場をきれいにしておかなければならないし、野菜の下ごしらえを手伝ったりもするわ。どれも楽な仕事じゃないけど」

とつぜん、かべをドンとたたく音がして、二人はだまった。

「あれはフローリーよ」ネリーが小声でいった。「そうだ、もうねなくちゃ。もうすぐこの館でパーティーがあるから、明日は朝早くから仕事がいっぱいあるの」

それからまもなく、ネリーのおだやかなねいきが聞こえてきた。ネリーは、きっとすぐにねむってしまったのだろう。

ルーシーは、でこぼこのマットレスに横たわって、暗やみの中で目を開けたまま、今日はなんて不思議な一日だったのだろうと思った。ネリーの身の上話を聞いた今は、どういうわけか、自分の心配ごとも大したことではないように思えてきた。食器洗いで来る日も来る日もなべやボウルを洗って暮らすのは、とても大変な毎日にちがいない。それでも、ネリーは、いつもおなかがすいているよりましだといったけど。それにしても、ネリー一人を残して家族みんながアメリカに行ってしまうなんて。ひどすぎるわ。でも、きっと、明日の夜、ネリーがもっとくわしく話してくれるだろう。わたしがまだここにいれば、のことだけど。

明日のことを考えたとたん、ルーシーは、指輪のことがまた心配になった。指輪は、着ていた服かマントからすべり落ちて、ゆかに転がっているんだわ。朝いちばんに探そう。この部屋になければ、正面げんかんまでのあの並木道かもしれない。台所や階段や子ども部屋は探さなくてもいい。ああいう場所はほうきやブラシでよくそうじするから、もし指輪を落としていれば、とっくに見つかっているはずだ。もしここに落ちていなかったら、外に出るチャンスがあり次第、並木道を探すことにしよう。ルーシーは、ねる前のおいのりをした。今夜のは、特別長いおいのりだった。なかなかねむれなくて、何回もねがえりを打った。整理だんすの上の時計の音がどんどん大きくなっていく……。

ルーシーは、だれかに肩をはげしくゆすられて、目が覚めた。しぶしぶ目を開けると、ぼんやりしたろうそくの明かりの中に、ネリーがいた。すでに服を着ていて、もうすぐ六時だから早く起きなさい、とルーシーをせかした。「急いで！　子ども部屋の暖炉の火を時間どおりにおこさないと、あの意地悪なエリザベスおじょうさまにおこられるわよ」

「うーん」ルーシーは、声を上げて、飛び起きた。木のゆかが足に冷たかった。顔を洗うとき、冷たい水に身ぶるいした。でも、おかげで、すっかり目が覚めた。ネリーは、もう、黒い巻き毛をとかし、帽子をかぶっているところだ。ルーシーは、服を着るのに時間がかかった。プリント模様の青い服の胸にずらりと並んだ小さなボタンにてこずった。いらいらして、なみだがあふれそうになった。ルーシーが困っているのを見たネリーは、髪の毛をとかして編みなおしてあげようかと、いってくれた。ルーシーは、喜んでやってもらった。

　ネリーが台所に行ってしまうと、ルーシーは、ろうそくに火をつけ、四つんばいになって、ゆかをすみからすみまで探した。指輪はない！　やっぱり、並木道でなくしたんだ。ルーシーは、パニックにならないように気をひきしめて、急いで青いエプロンと白い帽子を身につけた。それから、黒いウールのストッキングとめんどうなボタン留めのブーツをはいた。やっと身じたくができたルーシーは、ろうそくを持って、重い足取りで子ども部屋へ向かった。ろう下のかべについているランプの明かりは暗かったが、子ども部屋に着くと、テーブルの上のランプがついていた。

　おそくなったが、ルーシーは、大急ぎでよろい戸を開けた。道具部屋から道具箱と灰入れを持ってきて、ゆかをはき、しきものをめくり、布をしいて、灰をかき出した。火をおこして、今日は、昨日教えられた通りに火床を暖炉のおくの方に置いた。次に、道具部屋から茶がらの入ったボウルを持ってきて、茶がらをしきものの上にまいて、暖炉の方へはき寄せた。あとは、ほこりをふき取るだけだ。それを済ませると、学習室にとりかかった。

どの仕事も時間がかかり、すべてが終わったときには、ルーシーはくたくただった。そのあと、ほのおを上げてきれいに燃え始めた火に石炭を加えようとしていると、ドアが開いて、黒い髪の毛の、背の高い男の人が入ってきた。黒っぽい色の上着とベストにズボンという三つぞろいを着ている。

「どなたですか」ルーシーはたずねた。

「マッギンレーでございます。何かご用がありましたら、何なりと、おじょうさん」その人は、深々とおじぎをしながらいった。「わたしは、この館の使用人だよ。きみは、ルーシーだね」

「そうです」ルーシーは、感じがいい人だと思いながら、笑顔で答えた。

「きみのことは聞いてるよ。わたしはランプを取りに来ただけだから、気にしないで」ルーシーのびっくりした表情を見て、マッギンレーは説明した。「ランプをランプ室に持っていって、しんをきれいにして、灯油を入れるのも、わたしの仕事なんだ。そうしておけば、アブラカダブラ、ちちんぷいぷい、今夜もランプはだいじょうぶ」

「そうなんですか」ルーシーはいった。こんな大きな館ではたくさんの仕事があるんだなあ、と思った。

マッギンレーが行ってしまうと、ルーシーは、窓から外を見た。外は明るくなっていた。この窓からは、館の裏庭が見下ろせる。裏のへいの石のアーチ門から、別の建物がいくつかちらっと見えた。「きっと、馬小屋だわ、ちがうかしら」ルーシーはつぶやいた。右の方には、昨日使用人の出入り口へ行くときに見た高い石のへいの向こう側が見えた。高い木や低い木、いろいろな花が植えられている。「石のへいに囲まれた庭園、なんてすてきなの!」ルーシーは、ふと、時計を見た。「わあ、こんな時間、急がなくちゃ」

ルーシーがお湯の入った水差しを持って子ども部屋にもどると、エリザベスは、まだ、ねむっていた。ブロンドの髪にピンク色のほおをして、まるで天使のようだ。「よくねむってるわ。いつもこんなにふうにねてくれたらいいのに」ルーシーは、起こさないようにぬき足さし足でロバートの部屋に行った。ロバートは、もう起きていて、元気な笑顔を見せてくれた。

次に、ウェイド先生の部屋の方を見ると、ドアの下から明かりがもれていた。ルーシーが入っていくと、ウェイド先生は、花がししゅうしてある水色のシルクの美しい部屋着のままで、化粧台の前にすわって、長い茶色の髪を三つ編みにしているところだった。

ルーシーには、ウェイド先生はとてもすてきな女性に見える。それなのに、どうしてこれまで結婚しなかったのかしら。

「カーテンを開けてください、ルーシー。今朝のお天気はどうかしら」ウェイド先生がいった。早朝の日の光が、部屋いっぱいに入りこんだ。ルーシーは、銀のフレームに入っている軍服姿のハンサムな男性の写真に目をとめた。

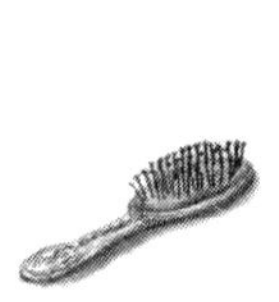
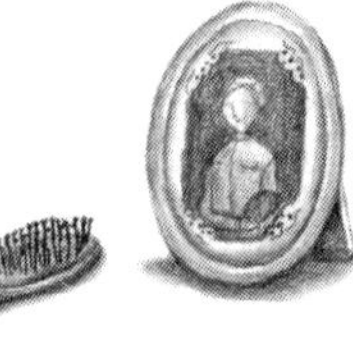

ルーシーが興味深そうに見ているのに気がついたウェイド先生は、悲しそうな笑顔でいった。「その人は、わたくしと婚約していました。イギリス陸軍の軍人で、テル・エル・ケビルの戦いで戦死したんです」ルーシーがぽかんとしているのを見て、先生は続けた。「テル・エル・ケビルはエジプトにあります。ブラック・ウォッチ連隊の一員として戦っていました。わたくしたちは、次の年の春に結婚する予定でした。あれは三年前の一八八二年のことですが、いまだに、あの人のことが忘れられません。でも」先生は、ため息

をつきながら、つけ加えた。「思い出だけで生きていくことはできない。人生は、これからも続いていきます。神さまが過去の傷をいやしてくださる、と信じています」それから、時計を見て、いった。「火をおこすのは、朝食のあとでかまいません。ここは、もういいですよ」

ようやく、朝食が食べられる。目の前にオートミールがゆのお皿が置かれたので、大きらいだったけど、ルーシーは、青と白の大きなミルク入れからクリームのようなこいミルクをかけて食べた。おいしかった。それから、バターをぬった茶色の厚切りパンを食べた。

ルーシーが台所に行くと、ベラ・ジェーンが笑顔であいさつしてくれた。「今、トレイにオートミールがゆをのせたところなの。卵とトーストを取ってくるから、待ってて。ウェイド先生の朝食は、あなたがもどってくるまでに用意するわ」

子ども部屋では、エリザベスとロバートが、白いテーブルクロスがかかっているテーブルについていた。ロバートはさっきと同じように笑顔を向けてくれたが、エリザベスは短く「急いで！　おなかがぺこぺこなんだから」といっただけだ。

「いくらおなかがすいてるからって、なんて不作法な子なのかしら！」ルーシーは心の中でつぶやいて、だまったままトレイをテーブルに置き、ウェイド先生の朝食を取りに台所へもどった。

台所では、ウェイド先生のトレイの小さな銀のお皿に、マギーがカバーをかぶせているところだった。おどろいたことに、銀のお皿には、それぞれ、キドニーパイ、ベーコン、ポーチドエッグがのっていた。

「ウェイド先生は、こんなにたくさんめしあがれないと思いますけど」ルーシーは、ベラ・ジェーンにいった。

「そうね、わたしもそう思うわ。でも、これがここのやり方だから。〈あのお部屋〉の朝食は、もっといろいろお皿が並ぶのよ、さっき持っていったばかりだけど。それより、ターコネル卿とおくさまの朝食を一度見てみるといいわ。ご夫妻の食堂のサイドボードの上は、ベーコンや卵、ケジャリーというインド風の料理、キドニーパイ、子牛のカツレツ、くんせいニシンなどのお皿でいっぱいなんだから。朝食はたっぷりめしあがるのよ。昼食まで元気に活動なさるためにね。昼食は、ウィンターズさんとマッギンレーが、食べ物や飲み物、テーブルクロス、ナイフとフォーク、グラスなどをいくつもの大きなバスケットにつめて持っていくの」ベラ・ジェーンは、トレイにロールパンをのせて、ルーシーにわたした。「さあ、ウェイド先生にこれを持っていって」

先生と子どもたちの朝食のトレイを下げてから、ルーシーは、三つの寝室の仕事にとりかかった。ゆかをそうじし、暖炉の中を黒鉛でみがいて火をおこし、家具のほこりをはらう。ベッドは、糸くず一つ残らないようにシーツはふりはらって、また、きれいに整える。最後にロバートの寝室に来たころには、ルーシーはつかれきってしまい、ちょっとのあいだ休もうと、手をとめた。

学習室に通じるドアが開いていて、中から授業のようすが聞こえてきた。今朝は、フランス語と算数だった。エリザベスは、どの質問にも、すぐにはっきりと答えた。ロバートは答えるのに時間がかかって、エリザベスが代わりに答えてしまうことが多く、答えをフランス語でいってしまうときもあった。

「エリザベス」ウェイド先生が静かにいった。「ロバートには、自分で答えさせなさい。せかしてはいけません」

「だって、あんまりおそいんですもの。ロバートったら、ほんとに頭が悪い。わたしがロバートぐらいのころは、こんな算数、半分の時間でできたわ」

「エリザベス」ウェイド先生は、うんざりしたようにいった。授業はこんなやりとりでいつも中断しているにちがいない、とルーシーは思った。「あなたがロバートの年齢のころに比べたら、ロバートは答えるのがおそいかもしれません。でも、あなたがじゃまばかりしていては、ロバートは、いつまでたっても勉強が身につきません。さあ、ロバート、エリザベスのことは気にしないでいいですよ。この問題を書いて、ゆっくりでいいですから、答えを出しなさい。牧草地の草をかるのに、四人でやれば一日で終わるとします。二・五倍の牧草地を二人でかるとしたら、何日かかりますか」

百年前も同じようなことを勉強してるのね。ルーシーは、くすくす笑いながら、道具部屋をきちんと片づけた。勉強といえば、ノリーンはどうしてるかしら。ああ、わたしも学校にもどりたい。ノリーンに会いたいなあ。もどったら、もっといい友だちになろう。そう思ったとたん、今までの自分のことが頭にうかんで、落ち着かなくなった。答えを知っているといいたくて、いつも人のじゃまをしていただれかさん。ルーシーは、気がとがめて赤くなった。

ルーシーが学習室にもどると、エリザベスは、スケッチブックを開いていた。ウェイド先生は、えんぴつをけずっている。

「この部屋の中の物は、もう全部、スケッチしてしまったんですけど」エリザベスがいった。

「ルーシーをスケッチしたらどう？　ルーシーは、初めてでしょ」

エリザベスは、ルーシーをけいべつするようにちらっと見て、気乗りしないようすでいった。

「さっさとすわって。あそこ、光が当たる場所」

「『あそこにすわってください』でしょ」ウェイド先生がたしなめた。

「すわってください、ルーシー」エリザベスは、あくびをしながらいった。

「目下の人にも、ていねいな言いかたをするものよ。その方が気分がいいはず。とくに、人にたのみ事をするときはね」ルーシーは、心の中でつぶやいた。

モデルになるのは、大変な仕事だった。ちょっとでも動くと、エリザベスは厳しくいった。「じっとしてて。モデルが動いてばかりいたら、スケッチなんかできないわ」

その日の午前中は、こうして過ぎていった。

「朝の授業は、これで終わります」ウェイド先生はそういうと、ルーシーにスケッチを見るようにいった。スケッチは、おどろくほどよくできていた。学校の図画の授業でルーシーがなんとか仕上げた作品に比べたら、このスケッチは大人の作品みたいだ。ほんとに、わたしそっくり。はんこうするかのようにかすかに頭をかたむけたようす、真っすぐなまなざし、帽子からはみ出ているみだれた髪の毛。すべてが正確にえがかれている。

「これは、明日、仕上げるわ」そういいながら、エリザベスは、スケッチを放り投げるようにわきに置いた。

子どもたちが石板と教科書をかべ際の大きな戸棚にしまうと、ウェイド先生がいった。「さあ、昼食の前に、しんせんな空気を少し吸いましょう。馬小屋に行って、ダーキーのいためた足がよくなっているかどうか見てみましょう。来週にはまた乗れるくらい、よくなっているといいですね。そのあと、お庭を散歩して、学習室にかざる花を切ってきましょう。ルーシー、あなたも、花を入れるかごを持って、いっしょに来てね。部屋に行って、マントを取っていらっしゃい。わたくしたちといっしょに、大階段を下りてもいいですよ。エリザベス、今日は、青いコートにしなさい」

外に出られる！ ルーシーの体の中を興奮が走りぬけた。待っていたチャンスがとうとうやって来たのだ。長いスカートがじゃまだったが、できるだけ速く走って、自分の部屋からマントを取ってきた。ウェイド先生からかごを受け取り、みんなについてろう下を歩いていくと、ドアがあった。

そのドアを通りぬけると、かべに大きな風景画が並んだ広い場所に出た。二つのカーブした階段が、一つは右に一つは左にと、おどり場まで続いていた。おどり場のかべには、暖炉が造りつけられていた。そこから広い階段を下りると一階だ。ルーシーは、あまりのごうかさに圧倒されながら、ゆっくりと下りていった。一階のげんかんホールはとても広く、高い天井まで届く大理石の円柱が並んでいる。よくみがかれた大理石のゆかを歩いていくとき、右側の部屋の中が見えた。その部屋のゆかはつやのある寄せ木張りで、いすやソファがかべ際に置かれていた。あれは応接間かしら。左側の部屋もドアが開いていて、ゆかから天井まである棚には、本がいっぱいつまっている。あれは、きっと、図書室ね。気がつくと、目の前が正面げんかんだった。ルーシーは、みんなのあとから急いで外に出て、はばの広い石段を下りた。それは、この館に着いたときに上ったあの石段だった。砂利をしいた車回しをみんなで歩いていくとき、ルーシーは、指輪を見つけようと、下ばかり見ていた。しかし、見つからない。石のアーチ門をくぐって館の裏手の方に曲がったとき、希望はなくなった。ルビーのきらめきなど、どこにもなかった。

ウェイド先生は、おくれないようにとルーシーに注意したあと、もう一つのアーチ門をくぐって歩いていった。やがて、みんなは、丸石をしいた裏庭に出た。そこは、四方を建物に囲まれている。正面の建物には、屋根に風見どりがついていて、石の階段が二階のドアに続いている。しかし、ウェイド先生は、二階には上らず、一階のドアを開けて入ると、呼びかけた。「フィールディングさん、いますか」

「ここにおります。馬具置き場です、先生」という声が聞こえた。ルーシーは、みんなについて、中に入った。かべには、くつわ、たづな、くらなどの馬具が、木のくぎにかかってきちんと並んでいる。火がちろちろと燃えている火床のそばにすわって、フィールディングが、小さなくらをみがいていた。

「ダーキーの具合はどうか、見に来たんです」ウェイド先生がいった。

「調子いいですよ、先生。軽い運動なら、明日からでもできるでしょう」

「明日は日曜日だから乗りませんが、月曜日には、子どもたち、また乗馬を始められますね」

話をしながら、フィールディングは、広い通路を通って、みんなを馬小屋に案内した。馬小屋は四つに仕切られていて、その一つに真っ黒なポニーがいた。

「ダーキー!」ロバートが、かん高い声を上げた。そして、ダーキーの鼻をなでようと走り出した。低い仕切り戸を開けて中に入ると、ダーキーの体を調べた。「わあ、足はよくなってるね、フィールディング」

「はい、〈ショーのぬり薬〉が効いたようで」

「スパークルを見てみなくちゃ」エリザベスは、そういうと、次の仕切りの中に入っていった。そこには、額に白い星があるくり毛のポニーがいた。「スパークルったら、かわいそうに。ロバートを乗せて退屈な運動ばかりさせられてたのね。でも、もう、だいじょうぶよ」エリザベスがリンゴを手にのせてさし出すと、スパークルは、うれしそうに食べた。「月曜日には、わたしといっしょに、思いきり走りましょうね」

ルーシーは、おどろいてエリザベスを見つめた。子ども部屋にいるときの、わがままで生意気なエリザベスとは、全くちがっていた。声まで変わっている。温かくてやさしい。

馬小屋を出て、みんなは、秋の日差しの中にもどった。台所裏の中庭を通りぬけ、砂利道を歩いていく。砂利道の片側は高い灰色の石のへいで、反対側にはしばふが広がっていた。その灰色のへいにはめこまれた緑色の戸のところまで来ると、ウェイド先生がかけ金を外し、みんなは、へいに囲まれた庭に入った。ルーシーは、さまざまな色があふれているのを見て、うっとりした。白いデージー、うすむらさきのアスター、燃えるように赤いアスター、雪のように白いアスターが、花のしま模様になっている。さらに、その後ろには、黄色やピンク色の背の高いグラジオラスが植えられていて、にじのように色とりどりのダリアも何列か植わっていた。

みんなは、石をしいた小道を歩いていった。ウェイド先生は、ときどき立ち止まっては、花を切った。ダリアとデージーのあと、黄色と赤のキンギョソウを加えると、もう十分だから帰りましょう、といった。

ルーシーの頭の中を、いろいろな考えがかけめぐった。指輪を探すには、館の正面に通じる並木道を通らなければならない……指輪はぜったいそこにある。家の中で落としたのなら、きっと気がついたはずだ。だから、並木道のどこかにあるにちがいない。まだ、だれにも拾われてなければだけど。もし拾われていたら……。そう考えると、ルーシーは、おそろしくなって身ぶるいした。

緑色の戸を開けて出るとき、近くでバラのあまい香りがした。ウェイド先生とロバートを先頭に、ルーシー、エリザベスと続いて歩いていく。この順番なら、エリザベスを先に行かせて、ゆっくり指輪を探す作戦に好都合だ。うそがばれないように指を交差させておまじないをしながら、ルーシーは、大きく息を吸うと、とつぜん足を引きずり始めた。それから、立ち止まってかごを下ろし、足首をさすった。

それを見て、エリザベスがいった。「何してるのよ、ルーシー、こんな短い散歩がきつすぎるなんてことないでしょ」

「エリザベスおじょうさま、このブーツのせいなんです。足首がこすれて、とても痛いんです。並木道を歩かないですめば、うれしいのですが」

「あら、そう！　でも、わたしは並木道を歩きたいのよ。だから、あなたも来なくてはだめ。あなたは、使用人なんだから、いわれたとおりにするのよ」

「はい、おじょうさま」ルーシーは、おとなしくいったが、下を向いて笑いをかくした。作戦はうまくいきそうだ。

エリザベスは、スキップをしながらルーシーの前に出て、ウェイド先生に呼びかけた。「先生、門番小屋に行って、タラが産んだ子犬たちを見ましょうよ」

「そうだ、そうしよう」ロバートは大喜びだ。「子犬に名前をつけてもいいって、フィールディングがいったよ」

「いいでしょう」ウェイド先生は、時計を見ながらいった。「昼食まで、少し時間があります。わたくしも、タラの子犬を見たいと思っていました」

みんなは、並木道を早足に歩きだした。ルーシーは、下を向いたまま、指輪を探し続けた。

門番小屋に着くと、ウェイド先生は、戸をたたいた。少し待つと、戸が開いて、しまのシャツとチョッキを着たしらが頭の男が現れた。

「おはよう、ジム。わたくしたち、タラの子犬を見に来たんです」ウェイド先生が、楽しそうにいった。

「かしこまりました。どうぞ、こちらに」ジムは、門番小屋の横を通って、裏に案内した。

「エリザベスおじょうさま、ロバートぼっちゃま、さあ、ここにいますよ」ジムが物置の戸を開けると、生まれたばかりの子犬が五ひき、バスケットの中にいた。母犬が、子犬を守るように、そばに立っている。美しい赤毛のセッターだ。

「わあ、かわいい！」子どもたちが、同時にいった。「すてきな名前をつけてあげなくちゃ」

「あまりかわいい名前じゃない方がいいようですよ」ジムがいった。「だんなさまは、この子犬たちを猟犬になさるおつもりですから、それにふさわしい名前をお望みでしょう」

「このちっちゃな子は、ラスティーにしようよ」ロバートがいった。

エリザベスも賛成だった。二人は、あと三びきに、次々と、ブルーノ、ブランディー、ジェシーと名づけた。最後の一ぴきは、なかなか、いい名前を思いつかなかった。

「レッド・ヒューはどうかしら」ウェイド先生がいった。

「そうね」エリザベスは、子犬たちの中で一番大きくて強そうなのをだき上げた。「その名前、この子に合ってるわ。この子が隊長よ」

みんなは、ジムと子犬たちにさよならをいって、再び、並木道を歩き始めた。エリザベスは、先頭を走りながら、「ラスティー、ブルーノ、ブランディー、ジェシー、レッド・ヒュー」とくり返している。

とつぜん、エリザベスは立ち止まると、興奮した声で、ウェイド先生に呼びかけた。「先生、早く来てください」

ウェイド先生とロバートは、エリザベスのそばに走っていった。ルーシーは、ほかの三人よりおくれてのろのろ歩きながら、並木道をすみずみまで探していた。みんなに追いついたとたん、エリザベスの声が聞こえた。「これ見て！　わたしが、今、見つけたの」エリザベスは、手の中のきらきらした物を見せた。

ルーシーは、思わずさけんでしまった。「それ、わたしの指輪です！　わたしの大事なルビーの指輪を見つけてくださったんですね」

三人は、おどろいて、ルーシーの方を向いた。「あなたの指輪？　ばかなこと、いわないで。使用人のあなたが、どうしてこんな指輪を持ってるのよ」エリザベスがいった。

ルーシーは必死だった。「でも、わたしの物です。プレゼントとしてもらったんです。どうぞ信じてください」

ウェイド先生が、ルーシーの方を向いて、厳しい声でいった。「ルーシー、そんなこと、本当とは思えませんね。エリザベスのいうとおりだと思いますよ。このような指輪があなたの物であるはずがありません」ウェイド先生が手を出すと、その手のひらに、エリザベスは、しぶしぶ指輪を置いた。「とても美しいですね。きっと高価な物でしょう」ウェイド先生がいった。

「お願い、わたしが持っててもいいでしょう?」エリザベスはそういってから、得意そうにつけ加えた。「だって、見つけたのは、わたしですもの」

「お母さまとお父さまにお聞きしなければなりません。七月にこの館にたいざいされたお客さまのお一人が、なくされたのかもしれません。ご両親は月曜日までお帰りになりませんから、それまで、わたくしが預かります。小さな宝石箱を持っていますから、安全のために、そこに入れておきましょう」

エリザベスは文句をいいたそうだったが、ウェイド先生は、きびきびといった。「さあ、行きましょう。すねたりしてもだめです。これは、お母さまがお決めになることですから」

三人の後ろについていきながら、ルーシーは、とても後悔していた。「わたしが先頭を歩いてさえいれば、自分で見つけたのに。そうしたら、今ごろ、わたしはここにいなかった。あの意地悪なエリザベスが見つけてしまうなんて」運命の残酷な仕打ちに、なみだがあふれてくる。しかし、なんとか前向きに考えようと思った。「少なくとも、指輪は見つかった。それだけでも、よかったわ。チャンスさえあれば、取りもどせるもの。ウェイド先生が指輪をどこにしまうか見ておいて、早く取りもどさなければ。ターコネル卿とおくさまは、月曜日までは帰らない。ということは、わたしに一日半の時間があるわけだから、そのあいだに、ぜったいチャンスをつかまなければ。ウェイド先生は〈あのお部屋〉で夕食だろうから、そのすきに先生の部屋に入って取ってこよう」

子ども部屋にもどると、ルーシーは、花を入れたかごを急いでテーブルの上に置いた。ウェイド先生が自分の部屋に入ったとき、半開きのドアにそうっと近づいて聞いた。「ウェイド先生、お花を水につけておきましょうか？」

先生は、おどろいてふり返った。机の引き出しを開けたところだった。「ええ、そうしてちょうだい、ルーシー。花びんは、道具部屋にありますよ。それから、食事のトレイを取りに行きなさい。そろそろ昼食の時間です」

ルーシーは、花を花びんに入れながら、指輪のことばかり考えていた。「少なくとも、どこにあるかわかったわ。今すぐ走っていって、取ってきたい。でも、がまんしなくちゃ。夕方、暖炉に火をおこすとき、チャンスがあるはず」

フローリーが、子どもたちのトレイに、青と白の模様の小さなスープ入れをのせながらいった。「さあ、これを持っていって、ルーシー。最初はニンジンのスープ、それからゆでたとり肉、マッシュポテトとカブ、最後はシロップをかけたプディングよ」

学習室のテーブルに白いテーブルクロスがかけられ、子どもたちが待っていた。エリザベスは相変わらずの不きげんな表情、ロバートはいつものやさしい笑顔だ。台所にもどると、フローリーが、ウェイド先生のトレイに魚のフライ一皿を加えていた。

ルーシーは、うわの空でトレイを取り上げ、階段を上りながら、また、指輪のことを考えていた。指輪はすぐ近くにある。それなのに、なんて遠くに思えるんだろう。

4　真夜中にしのびこむ

ルーシーが子ども部屋からもどると、使用人食堂ではもう昼食が始まっていた。

「今日は、皇太子のスープとマトンのロースト、赤スグリのゼリー、パンプディングよ」ネリーがささやいた。

「パンプディングか、いやだな」ルーシーはつぶやいた。「だけど、皇太子のスープって何なの」

ネリーは、くすくす笑った。「わたしも、オシェアさんに同じことを聞いたわ。要するに、カブのスープなのよ。皇太子さまのお友だちが考えたもので、教区の貧しい人たちのためのスープ。安くて栄養たっぷり！　それに、味も悪くないわ。皇太子さまが春にダブリンにいらしてからは、今はなんでもかんでも皇太子さまなのよ」

食堂では、昨日の夕食の時よりもたくさんの人がテーブルについているようだった。おくの方に目をやると、あのこわいウィンターズさんがいた。ウィンターズさんは、ルーシーを見ると、となりにすわっているモリスさんの方を向いて、何かいった。「わたしのこと、何かいってるみたい。でも、気にしない。うまくいけば、わたしは、もうすぐここからいなくなるんだから」ルーシーは、ウィンターズさんに思わずにこっとしてしまったが、当然、お返しはなかった。

「さて、この館がまたお客さまでいっぱいになるのも、もうすぐだ」ウィンターズさんが、テーブルのみんなに話しかけた。「みんな、よろしくたのむ、しっかりやってくれ」ウィンターズさんは、ルーシーをちらっと見た。「ラングレーの館は完ぺきなもてなしをすることで有名だ。その評判を落とさないようにしてほしい」それから、オシェアさんの方を向いていった。「オシェアさんの料理はこれまでどおり申し分ない、と信じてますよ。狩りに関しては、スウィーニーがすべてうまく管理してくれている」

「今年は、総督がお見えにならないなんて、本当に残念」オシェアさんは、ぶつぶついった。

「来年には、カーナボン卿をおむかえできそうだ」ウィンターズさんがいった。

「ウィンターズさんは、ダブリンで、皇太子ご夫妻を見たんでしょう?」エセルが声をかけた。

「そのとおり、光栄にもご夫妻の馬車が通るのを拝見することができた。すばらしい経験だった。ご夫妻は、実に堂々としておられた。だが、みんなも知っているように、とんでもないことが起こって、ご夫妻の訪問を台無しにしてしまった。わたしは、とくに、コークでのはずべき光景のことをいっている。乱暴者どもが、プラカードを持って、通りを大声で……」

「『皇太子はいらない！　われらにパーネルを！』って、さけんだんでしょ」フローリーが割って入った。さらに、「『パーネルこそ　われらの指導者！　われらが愛するチャーリー・パーネル！』」と続けた。

ウィンターズさんは、フローリーを冷たい目でじろりと見た。

「パーネル氏のことを話し合うつもりはない」

「もう、この地方に来ていると聞いたわ」モリスさんがいった。

「そうだ。あちこちの町を演説して回って、アイルランド議会設立を要求している。つまり、アイルランド自治ということだ。大英帝国との関係を絶つことを望んでいる」

「わたしは、ビクトリア女王さまの忠実なしもべでよかったわ」エセルがいった。

「そうだな。わたしには、この国がどうなっていくのか、わからない。パーネルの一族は全員、はかい活動分子らしい。パーネルの姉妹たちは、なんと、アイルランド女性土地同盟を設立しようとしている！　大勢の前で演説して、国家権力に反抗するように人々をあおっている。そのやり方ときたら、まったく……」ウィンターズさんは、いっしゅん、言葉につまった。

「まったくレディーらしからぬ、とおっしゃりたいんですよね」エセルがいった。

ルーシーは、オシェアさんがみんなの話の中に入っていないことに気がついた。興奮して顔を赤くしていたフローリーも、さっき一度口をはさんだあとは、だまっていた。

マトンはやわらかくておいしかった。ハムとベーコンに、ハーブ、レモンの皮、パン粉を混ぜたものが中につめてあると、ネリーが教えてくれた。

「あの人はだれ？」赤ら顔の少し年取った男の人の方を見て、ルーシーはネリーにささやいた。

「マクダイアさんよ。庭師のいちばんえらい人。それから、向かい側の若い男の人がトミー、庭師見習いよ」ネリーが、そっと教えてくれた。

「この館では、すべてに上下関係があるのね。上の階に身分のちがいがあるのと同じように、下の階にもあるわけね」

「それだけじゃないのよ！」ネリーは、目をくるくるさせて笑った。「マッギンレーがいろいろ知ってるわ。いつだったか、伯爵夫人と公爵令嬢が同席される晩さん会で、ご主人さまがご案内の順序をまちがえて、大変なことになったそうよ。オシェアさんとベラ・ジェーンの派手なけんかとは大ちがい。あの方たちは、こおりつくような目でにらむだけ、こんなふうにね」ネリーは、口をぎゅっと結んで、冷たい目つきをしてみせた。

マトンの料理が終わると、執事、家政婦長、庭師は立ち上がって、席をはなれた。ベラ・ジェーンがついていった。〈あのお部屋〉の給仕係なのだと、ネリーが説明してくれた。

「あの人たちは、〈あのお部屋〉でプディングとお茶なの。たぶんお酒もね。別におどろくことじゃないけど」ネリーはつけ加えた。

パンプディングは、ぜったい食べないと決めていたのに、食べてみると、びっくりするほどおいしかった。パンとミルクを混ぜたものに、香りづけに果物の皮の砂糖づけとアーモンドを加え、卵で固めてあった。「このいい香りはね、ウィスキーよ。オシェアさん、きげんがいいと、ちょっぴりたらすの」ネリーがいった。

マッギンレーは、おいしいねというようにルーシーに目配せをして、舌つづみを打った。トミーも、プディングが気に入ったという顔をした。

「これで、ほとんどの人の顔と名前がわかったわ」ルーシーは思った。

食事を終えると、ルーシーは、階段を上がって子ども部屋のトレイを集め、また、下へおりた。腕と足が痛かった。学習室へもどると、ウェイド先生が、窓のそばに置いてあるあざやかな色の木の箱を指しながらいった。「ルーシー、次は、針仕事です。あの箱の中に全部入っています」

裁縫が大きらいなルーシーは、心の中でぶつぶつ文句をいった。お母さんが以前スカートのすそのかがり方を教えてくれたことがあったが、今は、学校で裁縫はほとんどやらない。箱のふたを開けると、フリルのついた白いペチコートが入っていた。すそがかなりほつれている。かわいい引き出しの一つに糸と針を見つけて、ルーシーは、いすにすわって、針仕事を始めた。

「とにかく、少しでもすわれるだけいいわ」

しかし、ペチコートにおおいかぶさるようにして細かくきれいに縫おうとがんばってもうまくいかず、午後の時間はむなしく過ぎていった。ウェイド先生とエリザベスは、エリザベスの部屋でドレスを見ていたが、ウェイド先生が部屋から出てきて、「わたしたち、ちょっとモリスさんの部屋へ服地を見に行ってきます」といった。ルーシーは、飛び上がるほどうれしかった。これで、指輪を取りもどすことができる！

ああ、だめだ！　ロバートは、ここに残る気だ。ウェイド先生の出した宿題をやっている。

しばらくすると、ロバートは勉強をやめて、ルーシーにたずねた。「きみ、ここが好き？」

「まだ一日しかいないので、好きかどうか決められません」ルーシーはほほえんだ。

「きみは、やらなければならない仕事がたくさんあって、一日が長いだろ？」ロバートは、心配そうにいった。「でも、いつか下働きでなくなれば、ずっと楽になるよ」

ロバートって、大人みたいな口をきくのね。でも、いい子だわ。ルーシーは思った。

ロバートは続けていった。「エリザベスのことは、気にしないでいいよ。意地悪なところがあるんだ。この前のメイドも、それで長続きしなかった。エリザベスはその子がきらいで、最後は、お母さまが家に帰したんだ。それで、きみが、代わりにやとわれたんだよ」

そう思ってるのね！　わたしがどうしてラングレーの館に来たのか、ほんとのことを話したら、ロバートはどんな顔をするかしら。

「エリザベスは、早く大人になりたいんだよ」ロバートは話し続ける。「ぼくといっしょに学習室にいるのが、いやなんだ。パーティーにも出たいし、お母さまとお父さまとずっといっしょにいたがってる。でも、それは無理だ。お母さまとお父さまは、ここにいないことが多いし、いるときだって、周りにはいつもたくさんの人がいる。だけど、ぼくたちは、毎日のように、ちょっとだけ応接間に行くのを許されてる。それに、お父さまとお母さまもよくぼくたちの部屋に来るし、たまには、ここでいっしょにお茶を飲む。来年になれば、ぼくもエリザベスと同じように、お客さまのないときは食事をいっしょにできるって、お父さまがいってた」

ルーシーは、今聞いた話をよく考えてみた。お父さんとお母さんに会いたいときに会えないなんて、信じられない。大人は、子どもとは別の生活をしているみたい。なんてひどい生活！エリザベスがあんなに不きげんなのも、無理ないわ。そのとき、ふとあることが頭にうかんで、おそるおそる聞いてみた。「ロバートぼっちゃま、学校へは行ってらっしゃらないんですか。ずっとここで、家庭教師の先生と勉強なさるんですか」

「ああ、そのことなら、二年間はイングランドの学校に行ってたよ。でも、この前の学期に病気になってしまって、冬のあいだは家でウェイド先生に教えてもらうことになったんだ。ぼくは、ここにいるのが好き。フィールディングとマクダイアと狩りの管理人のスウィーニーが、あちこち連れていってくれる。ぼくは、いつか、ここを全部相続するからね。それに、ほとんど毎日、馬にも乗れて、とても楽しいよ。でも、男の子の友だちがいないのは、ほんとにさびしい。エリザベスと遊んでもあんまりおもしろくないし、エリザベスもぼくと遊ぶのは大きらいなんだ」

エリザベスといっしょにいるのは、クリスマスにはしかにかかっているみたいにつまらないことなのかしら、とルーシーは思った。ロバートがまた勉強を始めたので、ルーシーも、針仕事にもどった。お茶の時間が来たので、ルーシーは喜んで針仕事をやめて、トレイを運ぶために下へおりた。子どもたちのお茶は、昨日と同じだった。「バターつきパンばかりじゃ、いやにならないかしら」ルーシーがそういうと、ベラ・ジェーンがびっくりした顔でルーシーを見ていった。「それならバターなしで持っていけばいい。それもいいわね。子どもにぜいたくはだめだから」ウェイド先生のトレイには、サンドイッチとフルーツケーキのほかにロールパンとジャムものっていた。

使用人食堂では、自家製パンの厚切りが山積みになった皿と、ジャムの皿がテーブルに並べてあった。

「これは、何のジャムですか」一口ほおばってから、ルーシーはフローリーに聞いた。

「スモモのジャムよ」ベラ・ジェーンが、得意そうに答えた。「二、三週間前に、この館で採れたスモモで作ったのよ。あの週は、本当に、スモモの一週間だったわ。山ほど採れて、わたしたちみんな、がんばって働いたの。スモモのジャム、スモモのコンポート、スモモのシロップづけに干しスモモ。来年の収かくまでの一年間、まだまだたくさん出てくるわよ」

「とってもおいしいわ」ジャムつきパンをもう一枚食べながら、ルーシーはいった。

お茶が終わり、トレイを台所にもどすと、暖炉の火をおこす時間だった。ルーシーは、最初にエリザベスの部屋へ行った。火はなかなかおきず、顔が真っ赤になるまで息をふきかけた。やっとのことで火がおきると、ロバートの部屋で、もう一度同じことをした。

ウェイド先生は、居間にいなかった。外出してるのかしら？ そうだ、前に何気なく聞いたとき、ネリーがいっていた。ウェイド先生は、夕方のこの時間に、ときには一人で、ときには子どもたちと、散歩に出かける。ルーシーは、今日がそうであればと願った。期待で胸をどきどきさせながら、ウェイド先生の部屋のドアをたたいた。しかし、中から声がして、ぎくっとした。「急いで火をおこして、ルーシー。この部屋も、かなり冷えてきました」

先生が机で手紙を書いているのを見て、ルーシーはがっかりした。わたしがこの部屋にいるうちに、ウェイド先生は手紙を書き終えて散歩に行かないかしら。まだ、日は暮れてないし。ルーシーは、できるだけゆっくりと仕事をした。しかし、仕事が終わっても、先生は、まだ、いそがしそうに書いていた。
「どうして、何もかもうまくいかないのかしら」ルーシーはいらいらした。「あとで、もっとおそくなってからにしよう。みんながぐっすりねむっている夜中に、また、ここに来ればいいわ」自分のだいたんな思いつきに、ルーシーは、体がちょっとふるえた。

居間にもどると、ロバートとエリザベスがいた。ロバートは、テーブルでジグソーパズルをしていて、興味深そうにのぞきこんだルーシーに見せてくれた。「これは、〈楽しく遊ぼう〉というパズルなんだ。もうほとんどでき上がりだよ」ロバートは、もう一つピースをはめこんだ。絵を見ると、すその長い服を着てかわいいボンネットをかぶった女の子たちが、おどったり、輪転がしをしたりしている。水兵さんのような短いセーラー服を着てひざ下ですそをしぼった半ズボンをはいた男の子たちは、大きな的に矢を放ったり、クリケットをしたりしている。

マッギンレーが、ランプを灯しにやって来た。ルーシーは、エリザベスが遊んでいるミニチュアのキッチンをよく見ようと近づいた。「さわっちゃだめ、ぜったい」エリザベスは、厳しくいったが、そのあと、ちょっとやさしい声でつけ加えた。「見たいなら見てもいいわよ」

エリザベスのキッチンは、前面が開いていて天井がないので、中がよく見えた。いろいろな形と大きさの銅のなべと玉じゃくしがかべにかかり、すみには、ゆかそうじ用の小さなブラシまであった。テーブルには、ミニチュアのカップ、受け皿、ケーキ皿が置かれ、エリザベスは、小さなナイフとスプーンを正しい位置に並べている。「なるほどね！　エセルになったつもりで遊んでるんだ！」ルーシーは思った。

暖炉の上の時計を見ると七時十五分前だったので、ルーシーは、部屋を出て、夕食を取りに行った。

「はい、ルーシー、おじょうさまとぼっちゃまのミルクスープ。お二人とも、きっと気に入ってくださるわ」フローリーは、そういいながら、パンのうす切りが入ったお皿に、なべからミルクをそそいだ。

「これがミルクスープ？　でも、黄色いですね」

「そうよ、卵の黄身が入ってるの」

「ミルクスープ！　もう、何を見てもおどろかないわ」子どもたちのところにトレイを運びながら、ルーシーは思った。

台所にもどると、フローリーが、最後の皿をトレイのティーポットの横に置いた。「これで全部よ。ほら、チキンパイ、スライスしたタン、それに、ジャムタルト」

使用人食堂では、夕食のメインはマトンパイだった。「お昼にマトンが出たときは、夕食はいつもマトンパイなのよ」ネリーが笑いながらいった。さくさくしたパイを切ってみると、マトンとジャガイモがきれいに重なっていた。タマネギとハーブで香りづけしてある。ルーシーは残さず食べた。「とてもおいしかったわ」

その日の夕食では、ほとんどの会話が、まもなく開かれるパーティーに集中しているようだった。マッギンレーは、三十分もすると立ち上がり、「そろそろ、お客さま用のナイフやフォークの点検を始めなければ」といって、出ていった。

テーブルのおくの席では、オシェアさんとフローリーとマギーが、料理ノートを夢中でのぞきこんでいる。

「二番目に出す料理は、おいしいラムのもも肉にしよう。つけ合わせはカブとマッシュルームにするから、トミーに菜園から取ってきてもらっ

て。それと、リブは、ローストしてホースラディッシュのソースをそえる。リブのローストは、ご主人さまがとくにお好きだからね。最初に出すのは、ウミガメ風味に仕立てたスープとボラのアンチョビソースがけでどうだろう。ボラが手に入らなかったら、ケッパーソースをかけたエイの切り身はどう？　アントレとしては、えーと、チキンのパイ包み、トマトソースでにこんだラムの内臓、それに、ハトのシチュー。三番目の料理は、ライチョウのロースト。デザートは、ホイップクリームをかけたプラムのタルト、パンチゼリー、アイスクリーム」

「お客さまは、何人いらっしゃるんですか」料理の名前が次々と出てくるので、ルーシーは聞いてみた。

「六人か八人」マギーが答えた。

「みなさん、そんなにたくさんめしあがれないでしょう」ルーシーはいった。

「このくらいでおどろくことはないよ」オシェアさんが鼻で笑った。「公爵さまの晩さん会でお出しした料理を見せたかったよ。メインの料理が、最低でも十四皿、それより少ないということはなかった。いつも、スープが三種類。アントレは十皿。デザートは、プディングやらフルーツやら十二種類そろえた。そして、アントルメと次の料理のあいだには……、ああ、そういえば、昔、材料の魚や肉が足りないことがあった！　わたしにいわせれば、今度の料理は、それほどのものでもないよ」

　ルーシーは、子ども部屋にもどった。たぶん、ウェイド先生は下の階へ行っているだろうし、子どもたちはねただろう。しかし、そうではなかった。みんなは、まだ、居間にいて、来週のお客さまについて話をしていた。ろうそくを持って自分の部屋に帰ると、ネリーがベッドのはしにすわっていた。「ルーシー、ボタンを外すの、手伝ってくれる？」

　見ると、皿洗いのネリーの手に、白い包帯がしてある。「火傷したの？」心配して、ルーシーは聞いた。

「たくさん洗い物をしたので、手が真っ赤になってあかぎれができちゃった。それで、オシェアさんが、羊のあぶらをぬって白いモスリンで巻いてくれたの。お客さまがあるときは、仕事がすごく増えるのよ。どのおなべもきれいに洗ってみがかなきゃならないし、お料理が冷めないようにお皿にかぶせる大きな丸いカバーもたくさんあるし。この手は砂のせいよ、きっと」

「砂？」

「そうよ、おなべをみがくには、ビールと石けん液と細かい砂を使うの。ぜったい、手にはよくないわ」

「羊のあぶらがあかぎれに効くの？」ルーシーが聞いた。

「そう、とてもよく効くのよ。それに、明日は、あまり手を使わなくて済むわ。日曜だから」

「日曜には何があるの？」

「とくに何もないわ。午前中はみんなで教会のミサに行くことになっているけど、午後は、ほとんど何もしないで過ごすの。食事は、温かいものを出さなくていいから、料理はあまりしない。とても退屈よ。運よく、わたしは、明日の午後お休みをもらえたの。もし日曜でなかったら、ぜったいもらえなかったはず。だって月曜の夜のパーティーの準備があるんだもの。パーティーは何日も続くけど、オシェアさんは、月曜日から始めるべきじゃないって、すごくおこってる。それはそうよね。でも、とにかく、わたしはうれしい。ボイルさんの家を訪ねるつもり」

「ボイルさんて、だれなの？」

「わたしにとてもよくしてくれた人よ。わたしを引き取って、家に住まわせてくれたの。ボイルさんはこの館の家畜を世話していて、わたしの今の仕事も、ボイルさんのおかげなの」

ルーシーはもっと話を聞きたかったけれど、ネリーの顔には、また、人を寄せつけないような表情がうかんでいた。ボイル家に引き取られる前、ネリーはどこに住んでいたのだろう。

ネリーの身の上話を聞きたい気持ちは強かったけれど、子ども部屋に行くためには、ネリーに早くねてほしいとも思っていた。さいわい、すぐにネリーのおだやかなねいきが聞こえてきたが、困ったことに、自分までねむくなってきた。必死になって、お母さんやお父さんやデイビッドのことを思いうかべながら起きていた。ろうそくをつけて下の階に行ってもだいじょうぶと思えるまで、じっと待った。

ルーシーは、音を立てないようにドアに向かった。ネリーは身動きしただけで目を覚ましはしなかった。部屋のドアは、かすかにキーという音を立てて開いた。ろう下をそっと進んでいく。はだしの足は、もう冷たい。長いねまきのすそがまとわりついて、パタパタと小さな音を立てた。ろうそくが不気味なかげを投げかける。ルーシーは、ひとりぼっちで心細かった。静かに裏階段を下りる。ランプはみんな、とっくに消えていた。下の階に着いたときには、ひざがぶるぶるふるえていた。ドアを通りぬけてじゅうたんをしいたろう下に出ると、すばやく左右に目を走らせる。ろうそくのゆらめく光で、窓のところにだれかがうずくまっているのが見えた。ルーシーは、どきっとして、あやうくさけびそうになった。その人かげがこちらに向かってくるのではと身構えていると、額にあせが玉になってふき出した。しかし、そのかげはひと言も発しない。勇気をふりしぼって、二、三歩近づいてみた。その正体が葉のしげったシダの大きな植木鉢だとわかったとき、ルーシーは心からほっとした。

ルーシーは、暗いろう下をしのび足で歩いて子ども部屋に着くと、あせばんだ手をねまきでぬぐってから、そうっとドアを開けた。さいわいドアは音も立てずに開いたので、用心しながら部屋をつっきってウェイド先生の部屋のドアまで行く。耳をすましたが、何も聞こえない。心の中でいのりながら、取っ手を回して、するりと部屋の中に入りこんだ。

持っていたろうそく立てを机の上にそっと置いて、小さな引き出しをゆっくり開けようとしたそのとき、とつぜん、ベッドから大きな声が聞こえた。「だれなの！　そこにいるのはエリザベス？　ロバート？　具合でも悪いの？」

おどろきのあまり、ルーシーの手はこおりつき、それ以上引き出しを開けることができなかった。ベッドのわきでマッチをする音が聞こえ、もはやにげ道はなかった。ルーシーは、すばやくろうそく立てをつかむと、両腕を真っ直ぐ前につき出し、暖炉の方へ歩き始めた。

ウェイド先生がベッドを出て近づいてくる。ルーシーは一点を見つめたまま進んだ。ルーシーが暖炉の前にろうそく立てを置いてひざまずいたとたん、先生がそばにやって来た。

「まあ！　ルーシーじゃないの。いったいどうしたの？」

ルーシーは、目を大きく開いたまま、じっと前を見つめて何もいわなかった。

「かわいそうに、この子、夢遊病だわ。火をおこすことを、そんなに心配してるのね」

先生は、ルーシーをやさしく立ち上がらせてろうそくを持たせ、部屋を出て、上の階へ連れていった。

ずっとうつろな表情のままでいるのは難しい。ルーシーは、あふれるなみだをおさえようとがんばった。そして、やっと、ベッドにもどれた。ため息をつきながらねがえりを打って、目を閉じた。ウェイド先生は、ろうそくを消して、静かに部屋を出ていった。

「もう少しで指輪を取りもどせたのに」ルーシーは、本当にがっかりした。「あと二、三分あればよかったのに。そうだ、明日、もう一度やってみよう。きっと、またチャンスがあるはず」

ルーシーは自分の苦しい状態についてよくよく考えていたが、それも長くは続かなかった。一日でいろいろな出来事があったし、ずっと緊張していたせいもあってつかれ果て、すぐに、ぐっすりねむってしまった。

5　ネリーの身の上話

ルーシーは、目を覚まして時計を見たとたん、びっくりしてベッドから飛び出した。ネリーの肩をはげしくゆすって大声でいった。「早く！　起きて！　もう時間よ！」

ネリーは、ねがえりを打って、ねむそうにルーシーを見た。「わたし、いわなかった？　日曜は、みんな、おそくまでねてるのよ」

ルーシーがお湯を運んでいくと、ウェイド先生は、すでに起きていて、明るい声で話しかけてくれた。昨日の夜中のことについては何もふれなかった。

子ども部屋に朝食を届けたあと、また、台所にもどった。テーブルには、茶色のあや織生地の服と茶色の羽根つき帽子で正装したオシェアさんが、ゆううつそうな顔ですわっていた。「や

らなきゃならないことが山ほどあるのに、まったく時間が足りないよ」

「今日一日ありますけど」ルーシーがいった。

「今日は日曜だよ。ここでは、日曜はあまり仕事をしないのさ。明日は、どうしてもあと一人、助けが必要だね、まちがいなく。さあ、ミサに行く時間だよ。ルーシー、ぐずぐずしないで、茶色の服とマントを着て、帽子をかぶっておいで」

ルーシーとネリーがもどってくると、二輪馬車が、使用人が出入りする中庭の門のところで待っていた。屋内で働く使用人はみんな、マントと帽子、ぴかぴかにみがいたくつ、という正装で、馬車の席にすわっていた。

「わたしたち、本当にあれによじ登らなくちゃいけないの?」ルーシーは、こわくなってたずねた。〈あれ〉は、両側に四人ずつ背中合わせに乗る馬車だった。

「心配いらないよ」マッギンレーがいった。「わたしがおし上げてあげるから。見かけほど高くはない。今日は天気もいいし、この辺りの景色はきっとすばらしいよ」

ルーシーは、いわれるままにおし上げてもらい、ネリーのとなりの席にすわった。馬車には、オシェアさん、フローリー、マギー、ミニー、メアリー・ケイト、そしてマッギンレーが乗った。

いなか道をダンダーラの町へとがたがたゆれながら進む馬車の上で、ネリーは、ルーシーが次々にする質問に答えていた。

「そうよ、わたしたちはセント・キャサリン教会に行くの。ウェイド先生、モリスさん、ウインターズさん、エセル、ベラ・ジェーンは、シー・オブ・アイに行くのよ。あっちは運がいいわ。四輪馬車だもの」

「シー・オブ・アイって何？」

「アイルランド聖公会のことよ、知らないの？」

「ほかの使用人は？」

「フィールディングさんや外で働く人たちのこと？　自分たちで行くのよ、歩いて行くんじゃないかしら？」

美しい秋の日で、館の大きな木々がすみきった青空にはえて、赤や黄色、金色にかがやいている。馬車は、館の敷地をリボンのように取りまいている黄金色の石のへいの周りを走ってから、館をあとにして急カーブを切ると、小さな丘の上へと上がっていった。下の方にダンダーラの町が見える。その向こうに青く光るのはダーラ湖だ。町はとても小さい。風景の中で最も目立つのは、二つの教会の高い塔だった。

教会の中で、ルーシーは、固い木のベンチにできるだけ楽な姿勢ですわった。ネリーから、お説教はいつも長い、と聞いていたからだ。

「あれがギャラハー神父よ」背の高いやせた男の人が説教壇に上ったとき、ネリーが小声でいった。「四旬節のときのお説教は、ぜったい聞いた方がいいわよ。じごくの火とか、ほかにもいろいろあるの」

オシェアさんににらまれて、ネリーはだまった。ルーシーは、告別式やさまざまな礼拝の予定などを聞くともなく聞いていた。とつぜん、ギャラハー神父が説教台をこぶしでたたいたので、はっと、我に返った。

「聖ミカエルの日が近づいています！　みなさん、おわかりですね。地代の支払い期限がせまっているということであります。この厳しい時代にあって、地代の支払いに苦しむ人々がここにもたくさんいます。不当に上がった地代に苦しむ人々が本当にたくさんいるのです。そのような人々に、わたしは、『元気を出せ！』といいたい。一か月前、コークにおいて、我らがティム・ヒーリーはこのような助言をしました。『団結しなさい！　信頼できる人を二、三人選び、正当と思われる地代をその人たちにわたして、管理してもらいなさい。地主は、じょうほするだろう。たとえじょうほしなくても、地主とたたかう資金を持つことになるし、その資金で土地を追われた農民を助けられる……。もしそのような農民の土地を横取りするような者がいても、方法はある！　暴力による方法ではない。そいつを除け者にするのだ。食べ物も飲み物もあたえるな。そいつの作物を地中でくさらせろ。通りでも、店でも、品評会でも、市場でも、みんながそいつの罪をにくんでいることを、見せつけるのだ。そして、もしそいつが教会にやって来るようなことがあったら、みんなが教会から出ていくのだ。追放せよ！　仲間に入れるな！　除け者にしろ！』といったのです」

「あれはターコネル家のことをいっていたの？」帰り道でルーシーがたずねた。

「いいえ、ターコネル家は公平な地主よ。神父さんがいっていたのは、オルファート卿のこと。この辺りに土地をたくさん持ってるの」ネリーが答えた。

「どんなにいい地主でも、いない方がまし」フローリーが、ぶっきらぼうに口をはさんだ。「わたしたちがほしいのは土地、いつか手に入れるつもり」

「まあまあ、フローリー、落ち着いて」マッギンレーがいった。

「神父さんは、みんなが教会から出ていく、というところが気に入らないと思うわ」ミニーが、くすくす笑った。

「かわいそうに。ギャラハー神父は、ずっと、あのマクファッデン神父のいうとおりにしてきたんだよ」オシェアさんは、ゆううつそうな声でいった。「いうとおりにしても、いい結果は生まれないよ。たぶん、コークは、ここと事情がちがうんだよ。この辺りでは、すぐに土地を取り上げられてしまうんだ。つまり、立ち退きだよ。まったく、はらわたをえぐられるようなつらい話さ」

ルーシーが昼食を持っていくと、子どもたちは、窓際の小さなテーブルにすわって、箱からジグソーパズルの木の動物をいくつか取り出していた。

「今日はお勉強はないんですね」ルーシーは、お皿を並べながら明るい声でいった。昼食は、チキンボールのホワイトソースがけとタピオカのプディングだ。

「ほかのジグソーパズルもできそうですね」

「だめよ、日曜は。日曜にするのは、箱船のパズルだけよ。聖書のお話だからいいの」

エリザベスが、きれいな色をぬった箱船から木の人形を取り出した。

「それはだれですか？」ルーシーがたずねた。

「これはノアとノアの妻よ。こっちが三人の息子たち、セムとハムとヤペテよ」そういいながら、エリザベスはにっこりした。

「エリザベスは、笑うとかわいい」ルーシーは思った。

「さあ、二人とも、食事が冷めますよ」ウェイド先生が、子どもたちに声をかけた。みんながテーブルにつくと、ウェイド先生は、ルーシーにいった。「ルーシー、今日の午後は、お休みを取っていいですよ。あなたはここに来たばかりですから、これは特別なことなんですよ。でも、とてもよく働いているし、それに、明日から何日も、もっとがんばって働かなければなりませんからね。あっ、そういえば、オシェアさんが、あなたにも台所でネリーの手伝いをしてほしいって、いってましたよ。確か、あなたの家、帰るには遠すぎますよね……」

「そう、そのとおりなんです！」ルーシーは、心の中でさけんだ。

「でも、歩いて村に行ってみるのもいいし、それとも、ネリーが知り合いを訪ねるようだから、あなたも連れていってもらったらどうかしら」

使用人食堂では、コールドミートとシロップをかけたパンプディングが用意されていた。

「また、パンプディングだわ」ルーシーは、ネリーに不平をもらした。

「昨日の残り物よ。日曜には、あまり料理をしないの」ネリーがいった。「でも、いいじゃないの。あなた、まだ、おなかがすいてないんでしょ？」

「ええ、ぜんぜんすいてないわ」少しはずかしく思いながら、ルーシーはあわてて答えた。それから、話を変えようと、つけ加えた。「ウェイド先生が、今日の午後お休みをくださったのよ」

ネリーがびっくりしているので、ルーシーは、自分も台所で手伝いをするからだと説明した。

ネリーは笑っていった。「それならお休みは当然よ。明日から毎日、わたしたち、夜おそくまで働くことになるわ。お客さまのあるときはいつもそうよ。でも、今から心配しなくていいわ。あなたも、わたしといっしょにボイルさんの家に行かない？」

ルーシーは、そのさそいを喜んで受けることにし、急いで子ども部屋にトレイを取りに行った。ウェイド先生は、夕べの夢遊病のことでわたしをかわいそうに思ってお休みをくれたのだろう。ルーシーは、たとえ午後だけでも館から出られそうでうれしかったが、指輪を取りもどすチャンスをのがすのは残念でならなかった。子どもたちとウェイド先生は、きっと、午後は外で過ごすだろう。だれもいない子ども部屋を思うとくやしい気がしたが、明日になればまた別のチャンスもあるはずだ、と思い直した。

ルーシーは茶色のコートを着て、ネリーのあとについて広い石のろう下を歩いていった。このろう下を初めて通ったとき気づいた、いくつかの部屋のほかにも、いろいろな役割の部屋がたくさんあった。

「氷部屋って、何？」

「氷を入れておく部屋に決まってるじゃない。冬のうちに湖から大きなかたまりを切り出して、外の穴倉に入れておくの。館で必要になったときに、男の人が、この氷部屋に運びこむのよ。窓のない北向きの部屋だから、いつも北極みたいに寒いわ」

裏口を出ると、ネリーは、小さな建物を指していった。「あれが、狩りのえものの肉を貯蔵しておくところ」ルーシーがとまどっているのを見て、ネリーが説明した。「キジとかライチョウとかノウサギとか、そういったものよ。えものは、必ず、風通しのいいところにつるしておくの。食べごろになるまでね。つまり」ネリーはくすくす笑った。「頭ががくんと落ちるときね。シカは馬小屋につるしておくの」

中庭を通りぬけると、アーチ門をくぐって馬小屋の方に向かった。ネリーが右の方を指していった。「あっちに牛乳を加工する小屋があるの。でも、ここからは見えないわ」

「そこで何を作るの？」

「もちろん、バターよ。牛の飼育係が、牛乳おけに入れて運んでくるわ。牛乳から取り出したしぼう分をかき回して作るの。火曜日と金曜日に作るんだけど、ご主人さまたちがロンドンにいらっしゃるときは、そのバターをカシの木でできた箱につめて、毎週水曜日の午後に送るのよ。わたし、あの小屋で働きたいなんて、ちっとも思わないわ。バター係のメイドたちは、朝の五時にはもう、ちゃんと働いてなくてはならないんだもの！　でも、ルーシー、あなたは、こんなこと、おばさんから聞いて全部知ってるわよね……。さあ、今度はこっちへ行くのよ」

ネリーは、ルーシーを連れて、馬小屋の左側を回り、広い通路に出た。細かい細工をほどこした鉄の門があり、南京じょうがかかっていた。二人は、その横にある石段を上って館の外に出た。

目の前には、原野が広がっていた。ネリーは足早になり、ルーシーは必死でついていく。背の低いナナカマドがまばらに生え、湿原の水がときどききらりと光るだけで、あれ果てたさびしいところだ。それでも、今はヒースの花が一面にさいて、辺りの風景は、きりがかかったようなやわらかさに包まれている。地平線の向こうに、青くかすむ山々が見える。

さらに行くと、小川があった。二人は、そこで少し休むことにした。川の向こう側には、ところどころに小さな木が生えている。ルーシーは聞きたいことがあったが、ネリーがだまったままだったので、何もいわなかった。

「さあ、川をわたるわよ、ルーシー」しばらくしてネリーがいった。二人は、また歩き始めた。ふみ石を二つぴょんぴょんと飛んで、足をぬらさずに川をわたることができた。森に着くと、ネリーは、ふみならされた道を慣れたようすで歩いていき、コケにおおわれた岩の後ろからのびているハシバミの枝の下を、身をかがめて通りぬけた。

ネリーは歩調をゆるめて地面を見回していたが、すぐに

エプロンのすそをたぐりよせると、カシとハシバミの小枝を拾って、その中に入れた。

「ボイルさんのおくさんが、この小枝はたきつけにとてもいいって、いつも喜ぶの。あなたも少し集めてあげて」

ルーシーも、ネリーを見習ってエプロンのすそをたぐりよせ、小枝を集め始めた。

しばらくして、ネリーが大声で呼んだので、ルーシーは、急いでかけ寄った。「こっちの方が、もっといいわ」ネリーは、そういいながら、何か丸いものをエプロンに入れている。

ルーシーは、それを見たとたん、びっくりして大声を上げた。「ネリー、それ、牛のふんじゃないの！」

「そうよ。見て、よくかわいてるでしょ。とてもよく燃えるの」ネリーは、平気な顔でいった。

「泥炭は、ひどくしめっていることがあるのよ。わたしとネッドは、ネッドってわたしの弟なんだけど、いつも家で使う泥炭を集めてたの、あの冬までは……」ネリーの声がだんだん小さくなった。

「その冬に何があったの、ネリー？」ルーシーはやさしくたずねた。

「あとで話すわ」ネリーが答えた。

森を出ると、辺りは、ますますさびしくなってきた。ヒースのむらさき色は次第になくなって、イグサが一面にはびこっている。歩いていると、とげとげのハリエニシダが服にささる。

「もうすぐ着くわ。わたし、ここに来るのが好きなの。ここに来ると、いつも家のことを思い出すのよ」ネリーは、そういってほほえんだ。

ルーシーは、ネリーのあとについてみぞを飛びこえると、反対側の石積みをよじ登って、ちょっとのあいだ息を整えた。前方のくぼ地に、草におおわれたような古い小屋が見えた。小屋の横に、泥炭が大量に積まれている。ネリーは、その小屋の方に向かって歩いていく。ということは、きっとボイルさんの家が近くにあるにちがいない。小屋の屋根からけむりが出ているが、まさか、あんな小屋に人が住んでるはずはないわ！

ネリーについてでこぼこ道を歩いていくと、おどろいたことに、とつぜん小屋の戸が開いて、子どもたちが飛び出してきた。口々に「ネリーだ！　ネリーだ！」とさけんでいる。

ネリーは、四人の子どもたちをだきしめた。いちばん小さい子は二さいくらい、いちばん大きい子はネリーと同じくらいの背たけの女の子だ。四人ともはだしだった。

戸口に女の人が立っている。開いた戸口がまるで額縁のようだ。女の人の後ろから、けむりがもうもうと出てくる。ルーシーは自分の目が信じられなかった。「ここに本当に人が住んでるのね」ルーシーは思った。ネリーにならって、ルーシーも、集めてきた小枝を小屋のわきに置いた。

「ボイルさんのおくさんよ」ネリーが、女の人をしょうかいしてくれた。深いしわのある顔を見てルーシーが最初に思ったのは、小さい子どもがいるにしてはずいぶん年取って見えるということだった。おくさんの黒い髪の毛には、しらがもたくさん混じっている。

でも、青い目はきらきらとかがやいていた。おくさんは、エプロンで手をふいて、ルーシーの手をにぎった。その手はがさがさしていた。

「さあ、入って、入って」おくさんはやさしくいって、子どもたちに場所を空けさせ、ネリーとルーシーを中に入れてくれた。

ルーシーは、けむりが立ちこめた部屋に入っていった。戸が閉まると、一方のかべにある小さな窓から光が差しこむほかは、どこからも光が入ってこない。ルーシーは、おくさんがテーブルの下から出してくれた三本足のいすにおそるおそるすわると、周りのようすを観察した。土をふみ固めたゆかはでこぼこしていて、いすがぐらぐらするので、バランスを取るのが難しい。

「こんな暮らしをしてる人がいるのね」ルーシーは、部屋の中にある少しばかりのみすぼらしい家具を見回しながら思った。そまつな棚がかべに取りつけてあって、そこに食器が置いてある。棚の下に、木わくにのせたマットレスのようなものがあり、うすい毛布が二枚かけてある。ほかに家具といえば、あらけずりの板でできたテーブルが一つとモミの木の切り株がいくつか置いてあるだけだ。古い布が下げてある先に、もう一つ部屋がある。たぶん、寝室だろう。

おくさんがかまどのところに行って、くすぶっている泥炭の上にさっきの小枝とかんそうした牛ふんをのせた。すぐに、鉄なべの下でほのおが燃え上がった。なべは、頭上の鉄の棒からぶら下がっている太い黒いくさりにかけてある。

「ジャガイモが、もうすぐゆで上がるよ。そしたら、食事にしようね。あんたたちが来るとわかってたら、干した魚を少しでも手に入れておいたんだけど……」

「わたしたちの食事のことは心配しないで」ネリーがいった。「わたしたちは十分すぎるほど食べてるわ。それに、食事を済ませてきたばかりなの。はい、これ」ネリーは、背負ってきた包みを開けて、テーブルの上に広げた。「オシェアさんが、マトンのコールドミートを少し持たせてくれたの。それから、シロップをかけたプディングも」

子どもたちが集まってきて、すぐにプディングを食べ始めた。ルーシーは、館でプディングをばかにしたあのときのことを思い出して、顔を赤らめた。

おくさんは、子どもたちを追いやってから、ネリーに館ではどんなことが起きているかたずねた。

ネリーは、館のパーティーのこと、パーティーで出す料理のこと、そしてそのあとに待ち受けている山のような食器やなべの洗い物のことを話した。

「それは大変だね」おくさんが同情してくれたが、ネリーは、急いでいった。「救貧院や人買い市よりずっといいと思うわ」

「確かにそうだね」おくさんは、しみじみした口調でいった。「かわいそうに、ディックは、北の方で今も苦労してる。でも、少なくとも、ちゃんと食べさせてもらってる……ああ、ほんとに、そうだといいけど。あの子、もうすぐ、帰ってくるんだよ。また一人余分に食べさせなきゃならない」

救貧院や人買い市。ルーシーは、おじいちゃんが生きていたころそんな話をしていたのを聞いたことがある。親から子へと代々伝えられてきた話だ。人々の貧困と屈辱の物語だが、それは、人々が勇気とユーモアによって乗り切った物語でもある。そんな生活をしている人たちの世界に今自分自身がいるとは、なんと不思議なことだろう。

おくさんは、ジャガイモの鉄なべを火から下ろして、外にお湯を捨てに行った。それから、ジャガイモをアカシアの木の枝で編んだかごに入れた。お皿は三枚しかなかったので、小さい子たちは、手に持ったまま食べた。ネリーとルーシーは、食べ物はいらないといったが、バターミルクは一ぱいずつもらうことにした。

形ばかりの簡単な食事をしながら、ネリーとおくさんはおしゃべりを続けた。アメリカに行ってしまった近所の人たちのこと、救貧院に連れていかれた人たちのこと、死んでしまった人のこと、生まれた赤ちゃんのこと。やがて、ネリーが残念そうにいった。「そろそろ帰らないと、ねえ、ルーシー」

ルーシーは、おくさんと子どもたちにさようならをいった。石ころだらけの坂道を上って帰っていくネリーとルーシーを、みんなが手をふって見送ってくれた。二人は、坂の上まで来ると、ふり返って、最後にもう一度手をふった。ネリーがいった。「わたしについてきて。見せたいものがあるの」

別の道を四、五百メートルほどいくと、石の土台だけが残っている小屋のあとがあった。石の土台は、生えてきたばかりの小さな木々やイラクサにところどころおおわれている。

「ここがわたしの家だったの」ネリーがいった。「ここに入口があったんだけど。そして、ここに窓があったのよ。そこにすわってナナカマドの木をながめていたのをよく覚えてるわ」

その木は今もそこに立っていて、茶色っぽい葉のかげに、あざやかなオレンジ色の実がかがやいている。それにしてもネリーの家に、いったい何が起こったのだろう。ルーシーは、信じられないという顔でネリーを見た。

「追い立てよ」ネリーが、元気のない声でいった。「あの冬は、寒さがとても厳しくて、大変だったの。飼っていた牛が死んで、子牛はすっかり弱ってしまって。秋には、ジャガイモが地中でくさってしまうし、ほとんど何も食べるものがなかった。地代など、とてもはらえそうもなかったの。そんなとき、地主の代理人が、地代を上げるといってきた。地主は、羊を飼うのにこの土地が必要だったから、地代を上げればわたしたちをうまく追い出せると思ったのよ」

「地主って、ターコネル卿のこと？」

「ちがうわ、ターコネル卿はそんなことはなさらないわ。別の地主よ。その地主一族は、ずっとロンドンに住んでたんだけど、とても欲張りで、この土地から一ペニーでも多くしぼり取ろうとしていたの」

「それで、どうなったの？」ルーシーがたずねた。ルーシーは、地主の代理人のボイコット氏に立ち退きをせまられた農民の話を本で読んだことがあったが、そのようなつらい経験をした人が、今、自分の目の前にいるのだ。

「こわかったわ。代理人が、警官隊と鉄の棒を持った男たちを連れてやって来たの。そして、ここを取りこわすから出ていけといった。父さんが家の中の物を何もかも外に運び出していたのを今でも覚えてる。警官の一人が手伝おうとしたけど、父さんは、わたしたちのものに指一本ふれさせなかった……。母さんはこのまま泣きやまないかと思うほど泣き続けていて、それを見た小さい子たちもいっしょに泣きだした。ネッドとわたしは、ただ立ってそれを見ていた。自分の目を信じたくない気持ちだったわ。みんなでアニーおばさんが住んでいるカニンガムに行った方がいいだろう、と父さんがいったの。アニーおばさんて父さんのお姉さんなの。カニンガムまでは遠いのに、みんな、それぞれ何か運んでいかなくてはならなかった。大きな荷物は、近所の人が、ロバの引く荷車で運んでくれた。こうして、わたしたち、積みきれなかった物を持って、冬の寒さの中、出発したの」

「まあ、ネリー、なんてひどいの。そんなこと、許されない。どうしてだれもこうぎしなかったの？」

「わたしたちに何ができるっていうの？　土地は地主のものだから、土地を借りてる人は、地代をはらえなかったり地主に土地を返せといわれたりしたときは、すぐに出ていかなければならないの。館でも、ときどきそのことが話題になるわ。フローリーはマクファッデン神父とパーネルがこんな状況を変えてくれるだろうといってるけど、わたしは、そうは思わない。何をしてもむだよ。これから先もずっと、地主がいなくなるわけじゃないし、地主は、追い出そうと思えば、いつだってわたしたちを追い出す力を持ってるのよ」

「でもね、ネリー、ものごとは、いい方へ変わっていこうとしてるわ。わたしには、それがわかるの」

「まだ望みを持てるというのは、いいことだわ。でも、あなたはほんの子どもじゃないの……どうしてそんなことがわかるの？　さあ、そろそろもどらないと、それこそ、わたしたちがオシェアさんに追い出されるわ」ネリーは、かすかに笑った。

館への帰り道、ルーシーは思いきってたずねた。

「追い出されたあと、どうなったの、ネリー？」

「わたしたちは、春まで、おばさんの家やおばさんの近所の人たちの家においてもらってたの。そうしたら、おばさんが、自分のお金を全部出して、アメリカ行きの船のきっぷを買ってくれた。でもね、ルーシー、わたしはひどい熱病にかかってた。みんなが、わたしはいっしょに行けないといったのよ。アメリカに着いたら父さんが働いて、おばさんとわたしがあとから行けるようにお金を送ってくれることになってたんだけど。でも、お金は送られてこなかったわ。それにね、ルーシー、アメリカ行きの船がときにはひどいことになるという話を聞いて、わたし、こわくなった。大勢の人がつめこまれてるから、だれか一人病気になるとみんなが病気になってしまうんですって。もう父さんたちみんな死んでしまってだれにも二度と会えないだろうって、思うこともあるの」

「でも、どうしてそのままおばさんのところにいなかったの？」

「おばさんもそのあと、重い熱病になって、もうだめだろうと、わたしたちにはわかってた。近所の人たちが二人、いつも手伝いに来てくれてた。ある日、その二人が話してるのをこっそり聞いてしまったの。わたしをどうするか決めようとしてたのよ。救貧院に入れるか、レタケニーの人買い市に出すか。人買い市のことは、父さんから聞いてよく知ってた。男の子も女の子も、中にはたった九さいくらいで農場主のところに送られる子たちもいて、そまつな食事で、ちゃんとしたベッドもないまま、夜おそくまで働かされる。どれいのようにあつかわれて、ほんの二、三シリングしかもらえない。もちろん、農場主みんなが子どもたちをどれいあつかいするわけじゃないけど、わたしは、そんな目にあうのはいやだった。

それに、もし救貧院に入ったら二度と出てこられないことがわかってた。そんなとき、ある朝起きたら、アニーおばさんが死んでたの。それで、すぐ家を出た。ボイルさんが館で働いているのを思い出して、はるばる歩いて会いに行った。二日かかったわ。ボイルさんがオシェアさんをしょうかいしてくれて、やとってもらえることになったの」

ルーシーは、感心したようにネリーを見た。そんなに大変な目にあってきたというのに、ネリーはいつも明るい。

ルーシーは、アメリカ行きの船の話がとても気になった。そういう船が「かんおけ船」といわれ、乗りこんだアイルランド人の移民が大勢死んだことも知っていた。何もいわなかったが、ルーシーは、最初、ネリーの話はまちがいではないだろうかと思った。でも、ネリーのいうとおりなのだろう。もし家族がまだ生きていれば、ネリーをむかえに来たはずだ。ルーシーは、これから先のネリーのつらい仕事とさびしい生活のことを考えて、身ぶるいした。

二人が館の台所にもどったとき、ロバートがテーブルでオシェアさんと話をしていた。ロバートはロールパンにスモモのジャムをつけて食べていて、目の前のお皿にはフルーツケーキがのっている。そうなのね、こうやってロバートは、子どもはパンにバターだけ、という決まりを破ってるんだ！

ロバートが台所にいるということは、きっと、ウェイド先生とエリザベスも子ども部屋にいないということだわ。そうだ、暖炉の火の燃え具合を見るふりをして子ども部屋に入ろう。ルーシーがマントをかけに行くことにして台所からぬけ出そうとしたちょうどそのとき、ロバートがいった。「火のことは心配しなくていいよ、ルーシー。マギーが、お茶を持ってきたとき、ちゃんとしていってくれたから。ウェイド先生とエリザベスは、洋服を全部出して、明日のパーティーにエリザベスが着る服を選んでるんだ」

ルーシーは、またも望みを打ちくだかれてゆううつな気持ちになった。だけど、少なくとも、針仕事をいいつけられなくて済んだわ。あのペチコートを見て、わたしが上手にできないことがわかったのね！

「ボイルさんのところ、みんな元気だった？」ロバートがネリーにたずねた。

「とても元気でした、ロバートぼっちゃま。ボイルさんはいなかったけど、みんな元気で、ほんとによかったです！」

「ぼくたち、二週間くらい前に、乗馬であっちの方に行ったんだ。ボイルさんの家は、あれ放題で、今にもこわれそうな感じだった。何とかしてくれるように、お父さまにたのんでみる。明日午前中にお帰りになるんだ」

そういうと、ロバートは台所から出ていった。

6 過ぎ去った日々

使用人食堂の夕食は静かだった。早目に食事を済ませて夕方の礼拝に行ってしまった人もいるから、とネリーが説明してくれた。今夜は、オシェアさんを中心に、ミニー、フローリー、マギー、ベッキー、ネリー、ルーシーが同じテーブルにすわっている。マギーが、うす切りのマトンを焼いてハーブとレモン汁をかけて出してくれた。「これはすぐできてとてもおいしいわ。覚えておこう」ルーシーは心の中でつぶやいた。

夕食の片づけが終わると、オシェアさんがいった。「さあ、パーティーの準備を始めようか。テーブルにすわっていれば仕事ということにはならないから、だいじょうぶ」

「エセルがいないから、あんなことをいえるのよ。エセルは、日曜日に働くのには、ぜったい反対なの」ネリーが、小声でルーシーにいった。

「マッギンレーはどこにいるの？」ルーシーは聞いた。

「ああ、あの人はいそがしいのよ。一人でお皿やナイフ、フォーク、スプーンなんかを全部みがかなきゃならないから」

フローリーとマギーは、台所のテーブルの上に、ひき肉料理用の肉のあぶら身、ハム、ベーコン、パセリ、レモンの皮、ナツメグなどをたくさんそろえていた。

「いいかい、何もかも細かくきざんでおくんだよ。そのまま肉ひき器にかけられるようにね。だけど、ハーブは明日まで入れないように。味が悪くなるから。マギー、あの子牛の頭を持ってきてさっとゆでておくれ。ルーシーは、ネリーを手伝うんだよ」オシェアさんがいった。

マギーは、肉の貯蔵室に行って、すぐに子牛の頭を持ってくると、熱湯のなべの中にどぼんと入れた。ルーシーは、ぎょっとして見ていた。

洗い場に行くと、ネリーが二つの大きなバケツのそばにすわっていた。バケツには、皮がピンク色のジャガイモがあふれるほど入っている。「あのあわれな子牛の頭、どうなるの？」ルーシーは聞いた。

「スープになるの。熱湯でゆでて皮をむき、脳みそを取りのぞいてから、布に包んでしばり、一時間くらいぐつぐつにるの」

「まあ、ひどい！」ルーシーは思った。ネリーは、ルーシーに向かってにっと笑ってからいった。「子牛はもう死んでるんだから、何も感じないわよ。スープはほんとにおいしいのよ。ウミガメのスープみたいな味で。それより、ほら」と、ルーシーにナイフをわたしながら続けた。

「このジャガイモ、二人で全部むくのよ。もう洗ってくれてるけど」

「だれが洗ったの？」

「雑用係のパトリックよ。今、このバケツを置いていったところ」

「毎日これをするの？」皮をむき始めながら、ルーシーは聞いた。

「ほとんど毎日ね。皮つきのジャガイモ料理のときは、こすり洗いするだけだけど。パトリックがいそがしいときは、洗うのもわたしがやるの。でも、いちばん大変なのは、お客さまがあるときよ」

台所からは、オシェアさんの大声が聞こえてくる。

「オシェアさんたら、自分の下に十五人も使っていた昔にもどってるみたい」ネリーはくすくす笑った。

「……なにしろ、だれもあの方を公爵とは思わなかっただろうよ。いつも着古した服で歩き回って、執事のメサーズさんをはらはらさせていらした。『何が悪いんだ？　どんな格好をしていたって、かまわんだろう。ここでは、わたしがだれだかみんな知っているし、ロンドンでは、わたしがだれだか知っている人はいないんだから』そういわれると、メサーズさんも何もいえなかったんだよ。ところが、正式なディナーや大きなぶとう会になると、いつも正装で決めていらしたものだよ。くん章など何から何まで、一分のすきもない公爵さまそのものだった」

「大金持ちだったんですか？」マギーが聞いている。

「大金持ちなんてもんじゃない、どこだかの王さまも顔負けのばく大な財産を持っていらした。暮らしぶりも大したものだった。ロンドンのグロブナー広場からケント州のアシュフォードパークまで出かけたときも、馬車を二種類用意して、半分まで行ったところで乗りかえたものだよ。都会といなかでは乗る馬車をかえたんだ」オシェアさんは、洗い場に向かって声を張り上げた。「二人とも、ちゃんと仕事をしてるだろうね、なまけないでやるんだよ」

「考えてみると不思議だわ」フローリーの声がする。「大金持ちの公爵さまに比べると、わたしが仕えていたオーガスタ夫人はとても貧しかった。名門の出だったけど」

「ほんとはかなりお金があったにちがいないよ」オシェアさんがいっている。

「ぜんぜんなかったんですよ。使い走りの男の子の制服だって、どんなひどいものだったか、想像できますか？　ターコネル夫人ならすぐに焼き捨ててしまうようなものでしたよ。その子は、いつも、制服に体を合わせなきゃならなかったんです。大きくなって体に合わなくなると、オーガスタ夫人は、その制服を着られそうな子をあちこち探し回られたものです。一年二百ポンドで暮らしていけるというのが、オーガスタ夫人の何よりのごじまんでした」

「えっ、ほんとに二百ポンドで？」オシェアさんは、興味を持ったようだ。

「そのひけつを大地主のマリンズさまに教えるって約束していらしたけど、結局、その機会はなかったようですよ。あらゆることでお金を節約されてました。いとこの方から相続なさった彫像をいくつもイタリアから運んでくるときは、おやしきに電報を打たれました。〈エリスシス　カヨウビ　キタク　ヒツジ　コロセ〉もちろん、エリスなんて人はいません。家族に不幸があったと聞けば、だれもその人の荷物を調べたりしないので、電報を利用して、安く済ませたんです」

「八十さいで結婚したんじゃなかったかしら？」マギーが聞いている。

「そうよ。三度目の結婚。どうして結婚するのか聞かれたときの答えは、『げんかんに男の人の帽子がかかっているのを、いつも見ていたいのよ』だったわ」

オシェアさんは、鼻先で笑った。「それなら、げんかんに帽子だけかけておけばいいじゃないか。家に男の人がいるわずらわしさもなくて済むのに……そこの二人、仕事は進んでるのかい？」

「ちょうど、終わったところです」ネリーが答えた。ルーシーは、ナイフをずっと使っていたので、指先がひどく痛かった。むいた皮を片づけて、ジャガイモを流しで洗い、バケツにもどしたときは、本当にほっとした。

「そのバケツに水をいっぱい入れておくんだよ。そこなら、すずしいからだいじょうぶ。さあ、火のそばにおいで。ホースラディッシュをすりおろすのは、こっちのテーブルでいいよ」オシェアさんがいった。

「ずっと前の時代の話を聞くのは、ほんとにおもしろいわ」ルーシーは思った。「でも、明日になれば、わたしは、百年後の時代にいるんだわ」ホースラディッシュをすりおろすことに集中しようと思いながらも、ルーシーの心は、はるか遠くに飛んでいた。

明日！　明日になれば、あの指輪を必ず取りもどせる。ウェイド先生と子どもたちがいなくて、わたしが子ども部屋で一人になれる時間が必ずあるはず。そのときには、すぐに指輪を取りもどし、右手の中指にはめて二度回すだけ……。

そのとき、マッギンレーが音もなく台所の入り口に現れた。「オシェアさん、新聞を持ってきました。これからは、こんなに早く持ってこられないと思いますけど」

「ターコネル卿は、新聞を取っていらっしゃるのよ」ネリーがルーシーにいった。「ご家族が読み終わると、ウインターズさんに、それからモリスさんにわたされて、そのあとオシェアさんのところに来るの」

オシェアさんは、その日最後のお茶を飲みながら、新聞を開いた。

「まあ！　おどろいた！」

「何があったんですか？」フローリーが聞いた。

「アデアが死んだ！　こんなこともあるんだ！」

「アデアって、だれですか？」ルーシーはそう聞こうとしたが、オシェアさんは、新聞がすべり落ちたのにも気づかず、ぼうぜんとしている。

やがてわれに返ったオシェアさんは、新聞を拾い上げながらいった。「生きてるうちにこんな日が来るとは思わなかった。ジョン・ジョージ・アデア、ドニゴールの治安判事で、グレンベイの土地を買い取ったスコットランド人。昨日のことのように思い出すよ」オシェアさんは、放心状態で、いそがしく働くいつものオシェアさんとはちがっていた。

「グレンベイは、北ドニゴールにあるんですよね」ルーシーがいった。

「父はグレンビーズっていってた。シラカバの谷という意味。アデアはその土地を三十年くらい前に買った。最初からもめごとばかりだった。狩りをする権利とか地代をめぐってね。数年後にはアデアの代理人のマレーが殺された。それで、アデアは、小作人たちを立ち退かせることに決めた。土地をさら地にもどそうとしていたんだ。小作人を集めて、土地の契約は今日で終わりだと告げた。十二月、それもクリスマスの五日前のことだった。

次の年の四月から追い立てが始まった。わたしは、結婚したばかりで、そのときは、バッラ湖の近くの実家に帰っていた。そのバッラ湖に、追い立ての一団が集まった。武装した二百人もの警官と、バールを持った男たちだった。

最初に、七人の子どものいる、夫に死なれた貧しい女の家に行き、住んでいた小屋をこわした。あのときの悲鳴や泣き声は、決して忘れられない。警官だって、なみだをうかべていたよ。追い立ては続けられた。老人が、もう二度と見ることはないだろうというように、戸口の柱にキスをしていた。本当に、二度と見ることはなかった。大人も子どももあちこち走り回って荷物を持ち出そうとしている。こわしている最中の家に入ろうとしている人もいた。その夜はみんな、近くの森で、泥炭のたき火の周りにうずくまって悲しんでいた」

「それで、その人たちはどうなったんですか、オシェアさん?」ルーシーは聞いた。

「四十七家族が立ち退かされた。親類や、知り合いの家に行った人もいたけど、どうしても行き場のない人たちは、レタケニーの救貧院に送られた。結局多くの人が移民になった。オグラディーという人が、〈オーストラリア・ドニゴール救済会〉を作ってお金を集め、オーストラリアへの移住を手助けしたんだ」

「移住する人たちが出発するところを、わたしは見たわ」フローリーがいった。「みんな、まずレタケニーに行って、そこからオーストラリアに移住したのよ。近所の人や友だちや親類が、レタケニーへ向かう人たちを見送るために集まってたわ。共同墓地に寄ったときのことを、はっきり覚えてる。家族の墓にすがりついて、お通夜のように、泣きさけんでいた。その声は、山々にこだまして返ってきたわ。とうとう、みんな、とぼとぼと墓地を出た。移住する人は、母国の最後の思い出に、草と土を少しずつ持って。行列の中から見送りの人が一人また一人とぬけていって、最後は移住する人たちだけが残ったのよ」

「マクファッデン神父は、ずっといっしょだったんだよね」

「そうでした。ダブリンまでもいらしたそうです」

「そして今、アデアが死んだ。それも、殺されたんじゃない。腹の底まで真っ黒な極悪人そのものだというのに」

「どうして、アデアはひどいことばかりしたんですか？」ルーシーが、オシェアさんに聞いた。

「『所有地の有効管理のために』とアデアは書いていた。そして、アデアは所有地にシカを放した。それも、狩りのためだった。それ以来、その谷には二度と太陽の光が差さないといわれているよ」

7　万事休す

次の日の朝食後、ルーシーは、今日は子ども部屋の仕事なのか台所の仕事なのか、どちらだろうと思いながらトレイを取りに子ども部屋に上がっていくと、ウェイド先生が、エリザベスのドレスをベッドの上にたくさん並べていた。

「ルーシー、今朝はここで手伝ってちょうだい。お客さまがいらっしゃるから、エリザベスのドレスをきちんとしておかなければならないのよ。ブラシをかけるものもたくさんあるし、モスリンのものはつるして風に当てなくては」先生がいった。

「今ここにスペンサーがいたら、きっとうまくしてくれるのに」エリザベスが、いらいらしながらいった。「スペンサーさんはいません」ウェイド先生の声は、いつもとちがって、とげとげしかった。今夜のパーティの準備で、エリザベスがいろいろうるさいことをいっているのだろうと、ルーシーは思った。「だから、ルーシーにやってもらうしかないのです。さあ、ルーシー、こちらのウールのドレスは、全体にブラシをかけて。この軽くてうすいドレスは、ブラシはかけずにやわらかな布でそっとなでるようにふくのよ。この二着のドレスは、ていねいにあつかってね。メリノクロスでそっとふいて。クロスは道具部屋にありますよ。モスリンのドレスは、よくふれば、しわが取れるでしょう。あわいブルーの服は、アイロンがけが必要ね。洗濯部屋にいるベッキーのところへもっていきなさい」

「白いコットンのドレスについている果物のしみを忘れないで」エリザベスが小さな赤っぽいしみを指しながら、口をはさんだ。「めんどうな人ね」ルーシーは思った。

「しみは、石けんをそっとつけてから、ひょうはくざいにひたした羽根で軽くたたいて、すぐに冷たい水につけると、きれいに取れます」ウェイド先生がいった。

「お花がつぶれてる」ぐるりと花かざりがついたかわいい麦わら帽子を手に取って、エリザベスがいった。「それに、リボンも全部ちゃんとしてほしいの。ほら、しわになってるでしょ」

「お花は、わたしが直します」ウェイド先生は、うんざりしているようだ。「ルーシー、ドレスにブラシをかけ終わったら、リボンを外して、これをふりかけなさい」戸棚から取り出したびんを、ルーシーが見つめているのに気がついて、ウェイド先生が説明した。「これは、ジンとはちみつと石けんと水を混ぜたものよ。リボンとサッシュベルトを広げて、これをすりこんでから、水を三回変えて十分すすいでね。水は、台所から持っていらっしゃい。それから、ベッキーに高温でアイロンをかけてもらって」

ルーシーは、すぐそばにあるルビーの指輪のことを考えながら、学習室で、いわれた仕事に取り組んでいた。その日は居間で授業をしていて、そのようすが聞こえてきた。歴史の本を読んでいるのだが、いつになく、エリザベスは全部の質問には答えられていなかった。きっとドレスのことを考えているんだわ。でも、ドレスはどれもすてき、とくにすてきなのは、ピンクと白のチェックのドレス、そして海を思わせる青緑のシルクのドレス。こん色と赤のセーラー服は、とてもかっこいい。ピンクのリボンを通した小さなフリルが何段もついている白いドレスは、ほんとにかわいらしい。でも、こういう服は、木登りには向かないわ。ルーシーは、ジーンズとTシャツがなつかしかった。

そこへ、両腕にくつをいっぱいかかえたマッギンレーさんがやってきた。エリザベスは、急いでくつを見にいった。エナメルのくつ、ヤギ皮のブーツやつや加工したブーツ、上品なサテンの室内ばきなどがあった。

ルーシーがサッシュベルトとリボンをすすぐ水を持って台所からもどると、馬車が砂利道を走ってくる音が聞こえてきた。

今朝からずっとこの音を待っていたロバートがさけんだ。「お父さまとお母さまだ！」ロバートとエリザベスは、ぱっと立ち上がって、げんかんホールに行かせてくださいとウェイド先生にたのんだ。

ルーシーは、胸がどきどきして、気を失うのではないかと思った。三人とも下に行けば、指輪を取りもどすチャンスだ。子どもたちは、部屋から走って出ていった。しかし、ウェイド先生は出ていかないと分かって、ひどくがっかりした。ルーシーが居間をのぞきこむと、ウェイド先生は、ゆったりとひじかけいすにすわって本を読んでいた。ルーシーはターコネル夫妻を下で出むかえるつもりはなさそうだ。先生の寝室に行くのは無理だ。ルーシーは泣きたくなった。

リボンがほとんど仕上がったとき、とつぜんドアをたたく音がして、モリスさんがドアから顔を見せた。

「ウェイド先生、ちょっといっしょに来ていただけませんか」モリスさんは、明るい声でいった。「青の部屋のカーテンを取りかえるかどうか迷っているんです。わたしは、まだちょっと早すぎると思うんですけど、フィールディングさんは、急に寒くなることもある、といっています。今のは、ほかの部屋のカーテンよりうすいから、かえましょうか。先生、どう思われますか」

ルーシーは、うれしくて飛び上がりそうだった。やっと、やっと……、ついにチャンスがやってきた！

ウェイド先生が、学習室に入ってきて聞いた。「ルーシー、もう終わりましたか」

「いえ、まだです」ルーシーは、うそをついた。「まだ二つ残っています。そのあと、アイロンをかけてもらいに、下へ持っていかなければなりません」

「なるべく早くしてね。オシェアさんには、あなたをあまり長く引きとめないといってありますから、できるだけ早く台所にもどりなさい」

「はい、先生。すぐに終わります」

ウェイド先生とモリスさんが出ていってドアが閉まると、ルーシーは、サッシュを投げ出して、ウェイド先生の寝室にかけこんだ。ふるえる手で引き出しを開け、小箱を取り出した。やっと、ルビーの指輪がもどってくる！

とつぜん、ルーシーの後ろで声がした。「ルーシー、何をしてるの！」ロバートだった。

ルーシーは、びっくりして、箱を落としてしまった。ふたが開いて、指輪は、ロバートの足元に転がっていった。ロバートは、指輪を拾い上げると、ルーシーをにらんで、とがめるようにいった。「ルーシー、指輪をぬすもうとしたね。ぼくは、きみと友だちになれると思っていたのに。ウェイド先生に話すよ」

「やめてください、ぼっちゃま。お願いです。そんなこと、しないでください」ルーシーはたのんだ。「それは、わたしの指輪なんです。本当です。ほんのちょっとだけ手に持たせてください」

ロバートは、指輪を持って学習室に行った。ルーシーは、ロバートについていって、いすにすわったとたん、念入りによごれをとったリボンの中に顔をうずめて、わっと泣きだした。

「ルーシー、いったいどうしたの？」ロバートがたずねた。「きみがこんなに高そうな指輪を持てるはずはないだろ？　七月にここへいらしたお客さまのものかもしれない。ウェイド先生はお母さまに指輪を見せて、お母さまは、今日の午後いらっしゃるお客さまに聞いてみなければならない。さあ、ぼくが指輪を引き出しにもどしてくるよ。ルーシー、もう二度と指輪をぬすもうなんて考えないで」

ロバートが学習室にもどってきても、ルーシーはまだ泣きじゃくっていた。「ぼっちゃまはわかっていらっしゃらない。だれにもわからない。あれは、わたしの指輪です」

ルーシーは、立ち上がって、なみだをふきながらリボンを見た。こんなにくしゃくしゃにしてしまった。下に持っていって、アイロンをかけてもらわなければ。でも、それはあとにしよう。ルーシーは、だれかにひみつを打ち明けたいと思った。今ここにいるのがロバートでよかった。ロバートはいつもわたしにやさしいから。

「ぼっちゃま。信じられないかもしれませんが、だまって聞いてください。わたしは、この時代の人間ではないのです。未来、正確にいうと、一九九一年の人間です。わたしの誕生日に祖母がこの指輪をくれたのです。祖母の大おじがインドで手に入れたスタールビーの指輪です。魔法の力を持っているといわれています。わたしは、この指輪に一つ願いごとをしました。それで、わたしは、今、ここにいるのです。二つ目の願いごとをするために、指輪を取りもどしたいのです。そうすれば、自分の家に帰れます」

ルーシーは、願いごとをするにはどうしたらいいかは、話さなかった。ロバートは信用でき

ると は思うが、もしロバートが試してしまったら大変だ。エリザベスだって、同じことだ。

ロバートは笑いだした。「ルーシー、たぶん、きみは今いったことを本当だと思いこんでるんだろうけど、そんなことはありえないよ。きみは、想像力がありすぎるから、指輪がほしくて、話を作ったんだろ。きみの話の指輪は、ただの古い指輪じゃないか。指輪なら、お母さまもエリザベスもたくさん持ってる。一つ、きみにあげるように、ぼくがたのんでみるよ」

ルーシーは必死になっていい続けた。「ぼっちゃまは、わたしのいってることをちゃんと聞いていらっしゃらない。わたしのいってることは、本当なんです。わたしがこの時代の人間ではないということは……」

「でも、きみは、それを証明できないだろ？」ロバートがいった。

「できます。もしあの指輪をもう一度持たせてくだされば、できます。わたしがお願いしたいのは、それだけです。あの指輪をはめさせてください。ぬすむことなんかできません。ぼっちゃまがここにいらっしゃるんですから」

いっしゅん、ルーシーは、ドアのところに立っているロバートの横をすりぬけて指輪を取りに行こうかと思った。本当にそうしたかった。でも指輪を手に入れないうちにウェイド先生がもどってきて見つかってしまったら、ルーシーはどろぼうとして追い出され、家に帰るチャンスはもう二度とやってこないだろう。

ロバートの気持ちがゆれているようだったので、ルーシーは、さらに必死になってたのみこんだ。「ほんのちょっとだけ、指輪を持たせてください。お願いします。わたしの話は本当です。指輪を持てば、二つ目の願いごとがかなって家に帰れます。それが、わたしの話が作り話ではないという証明になります」

「でも、みんなが帰ってきたとき、きみがいなくて、指輪もなくなっていたら、どうなると思う？」

「ぼくが帰ってきたときにだれもいなかった、とおっしゃればいいのです。わたしが指輪をぬすんだことになるけど、そんなこと、わたしにはどうでもいいのです。お願い、お願いです、ぼっちゃま」

苦しそうな表情のルーシーと信じられないという表情のロバートが向かい合っているとき、居間のドアが開いた。ウェイド先生がもどってきたのだ。

「ルーシー、まだリボンを下に持っていってないのですか。困った人ですね。さあ、リボンをこちらに。あとは、わたしがします。ロバート、あなたは、下に下りて、お父さまとお母さまと昼食ですよ。ルーシー、わたしの昼食を持ってきてください。そのあと、あなたも食事をしなさい。午後は、ずっとオシェアさんを手伝うんですよ。お茶のあとでここに来て、暖炉の火をおこし……」

　そのとき、エリザベスが、興奮したようすで部屋に飛びこんできた。「ウェイド先生、指輪のこと、わたし、お母さまに話したの。お母さまは、指輪を持ってきなさいって。お客さまにお見せして、どなたのものでもなければ、わたしにくださるって」

「そうですか、お母さまが今すぐにくださるとは、思いませんけどね。あなたは、まだ子どもですから。もっと大きくなるまで、お母さまが大切にしまっておいてくださるでしょう。特別な機会には、指輪をしてもいいとお許しが出るでしょう」

　エリザベスは、手をたたいて大喜びした、ウェイド先生が小箱を取ってきてエリザベスにわたすと、エリザベスは、勝ちほこったようにルーシーを見た。ウェイド先生たち三人がルーシーの横を通って部屋から出ていくとき、ロバートは、ルーシーを心配そうに見た。

指輪は、持っていかれてしまった。いったいどうしたら取りもどせるのだろう。

8　ひみつの階段

昼食のとき、ルーシーは、ひどく落ちこんでいた。ネリーは、何かあったにちがいないと思って、ルーシーをそっとひじでつつき小声でいった。「元気を出して。何を心配してるのか知らないけど、きっとなんとかなるわ。あとで話してね。話をするチャンスがあればだけど。だって、オシェアさんたら、とても終わりそうもないほどたくさん仕事をさせようとしてるんだから」

みんな、あわただしく食事を済ませた。ウィンターズさんとモリスさんも、ベーコンとキャベツをゆでた料理を二十分ほどで食べ終わった。ルーシーは、スモモのプディングをほんの一口食べただけで、ほかは何ものどを通らなかった。

その日の使用人食堂には、ルーシーが初めて見る人が二人いた。オシェアさんのとなりにすわっているあぶらぎった顔の男の人は、額がはげ上がっていて、もみあげが念入りに整えら

れている。ウィンターズさんの右側にいるやせた女の人は、気難しそうな青白い顔で、黒い髪の毛を真ん中で分けて引っつめにして、えりもとに白いレースのひだかざりがついた黒っぽい服を着ている。ルーシーは、その人がだれともほとんど話をしないのに気がついた。

「男の人はフォックスさん、ターコネル卿の従者よ。女の人はスペンサーさん、おくさまの侍女よ。スペンサーさんのことはあとで話してあげるわ」ネリーがいった。

ルーシーとネリーが台所にもどったとき、ろうかで急ににぎやかな声がした。背の高い堂々とした男の人が、にこにこ笑いながらロバートといっしょに入ってきた。顔は健康的に日焼けしている。たぶん、日中のほとんどを屋外で過ごしているのだろう。

「お帰りなさいませ。ターコネルさま」オシェアさんは、テーブルに置こうとしていたボウルを思わずとり落として、エプロンで手をふいた。

「やあ、オシェアさん。みんな、元気にしているかね。なんといっても、台所はこの館の中心だからね。また本物の料理を食べられるのを楽しみにしてるよ。スコットランドには、料理といえるものなど何もなかった！　だから、オシェアさんのシカ肉料理、ライチョウや牛肉のパイのことなど、いつもみんなに話していたんだ。ゴードン卿に料理人の名前をたずねられたが、決して教えなかった。オシェアさんをやといたいという申し出があると困るからね」ターコネル卿は、いたずらっぽく笑った。

「フローリーとマギー、相変わらずきれいだね。ネリー、大きくなったね。さてと、この子はだれだ？」ターコネル卿は、ルーシーの頭に手をのせながら聞いた。

「ルーシーです。新しく来た子ども部屋のメイドです」

「そうか。ルーシー、この館で、みんなと楽しくやるんだよ。じゃあ、ロバート、これから馬小屋と庭園に行ってみよう」

「本物の紳士でいらっしゃる」ターコネル卿が出ていったあと、オシェアさんは、ほこらしげにいった。

「おくさまは、全くちがうわね」フローリーがいった。「お二人がどうしていっしょになったのか、わからない。まるで、火と水なのに！」

「まあまあ、そういわずに。おくさまは、そんなにひどいお人じゃないさ」オシェアさんはいった。「おくさま流のやり方は、あれはあれで仕方ないんだよ。もちろん、お国のちがいもあるし」

「お国のちがいって？」ルーシーは、興味を持った。

「イギリス人は、アイルランド人に比べると、それほど気さくじゃない。使用人たちに気安く声をかけたりしないのさ。ここでは、みなさん、おやさしいがね。あれまあ、おしゃべりし過ぎた。ネリーとルーシーは、すぐに野菜の準備をして。アーティチョークはよく洗って、どろがついてないのを確かめてから持っておいで。それから、ニンジンも使うよ。ルーシー、マッシュルームは、洗ってはだめ、香りがなくなってしまうからね。フランネルの布でふいてから、いたんだところを全部切り取るんだよ。さあ、がんばって働いて！」オシェアさんがいった。

マッギンレーが、戸口に現れた。「おくさまが、今すぐルーシーに会いたいといっておられます」

「えっ、ルーシーに？　おくさまがルーシーに何のご用だろう」オシェアさんは、ぶつぶついった。「まさか、新入りのメイドに『ようこそ』とおっしゃる気になられたんじゃないだろうね。とにかく、ルーシー、応接間に行っておいで。そして、できるだけ早くもどってくるんだよ。午前中は台所でずっと働くはずだったのに、その半分もいなかったんだから。午後も半分いなかったら、仕事はぜったいに終わらないよ」

ルーシーがエプロンを外して手を洗っていると、ネリーは同情するようにちらっと見た。ふるえる足取りで、ルーシーは、マッギンレーについて裏階段を上がり、緑色のスイングドアから広いろう下に出て応接間に行った。「この子がルーシーです。おくさま」マッギンレーは、頭を下げながらそういうと、両開きのドアを閉めて出ていった。ルーシーは、深く息をすってから、おくさまの方へ進んだ。エリザベスが、シルクの布を張ったいすにすわって、好奇心いっぱいの目でルーシーを見ていた。

「エリザベス、あなたはここにいなくていいのよ」ターコネル夫人がいった。

「でも、お母さま……」エリザベスが答えた。

「出ていきなさい、エリザベス。お客さまがお着きになったら、呼びますから」エリザベスは、立ち上がって母親にだきつこうとした。しかし、母親は、さっと横を向いて冷たくいった。「えりの形がくずれます……。ごらんなさい、もう、くずれてしまっています」

エリザベスは、顔を赤くして部屋から出ていった。ターコネル夫人は、こい赤むらさき色のドレスについたレースのえりを整えてから、ルーシーの方を向いた。夫人は、卵形の青白い顔で、つやのある茶色の巻き毛が額にかかっている。あんな不きげんそうな表情をしていなければ、それに、うすいくちびるを固く結んでいなければ、きっと、美しい人なのだろう。ルーシーは、夫人が話し出すのを待っているあいだ、部屋の中を見回した。

応接間の天井は、高くて、花や葉のしっくい彫刻でかざられている。寄せ木張りのゆかの中央にしいてあるじゅうたんの模様は、天井のかざりに合わせてある。部屋のかべはあわいクリーム色で、かざり板が張りめぐらされている。天井とかべ、かべとゆかの境には、かがやく金色のしっくい細工がほどこされていた。天井からはおどろくほど大きなシャンデリアが下がり、周りのかべにはごうかな額縁の風景画がかかっている。白い大理石の暖炉には、赤々と火が燃えていた。あわい黄色のシルクを張った家具はどれも、広い応接間の中では、ミニチュア家具のように見えた。足がカーブしているしゃれたいす、かざりだんす、小さなテーブルがいくつか、かべにそって置いてある。いちばんすてきなのは、花や鳥の象眼細工が美しい黒いかざりだんすだった。

やがて、暖炉のそばの長いすにすわっていた夫人が、口を開いた。

「おまえがルーシーですね。指輪について信じられないような話を聞きましたが、いったい、どういうことなのですか。使用人の身分で、指輪は自分のものだといい張っていると、エリザベスから聞きました。あんな高価な指輪を本当に持っていたとしたら、ぬすんだとしか考えられません。ぬすんだのでしょう？」

「いいえ、ぬすんでいません……。わたしは……」ルーシーは、答えながらほおが赤くなっていくのを感じた。

夫人は、それ以上いおうとするルーシーをさえぎっていった。

「お客さまたちが七月の終わりにこの館にたいざいされたとき、どなたか指輪をなくされなかったか、お聞きしてみるつもりです。なくした方がいらっしゃれば、この話は、それでおしまいです。なくした方がいらっしゃらなければ、問題は、どうして指輪がこの館にあるかということになり……」

「わたしが落としたのです。並木道で」ルーシーは、小さな声でいった。

「問題は……」夫人は、ルーシーにはかまわず続けた。「指輪がどうしてここにあるかということです。たとえおまえが自分のものだといっても、どこでそれを手に入れたかを調べて明らかにする必要があります。親から受けついだなどということはありえませんし」

ルーシーは、これ以上何をいってもむだだと思ったので、夫人の話をだまって聞いていた。

「最初は、すぐに親元に帰そうと思いました。でも、ウェイド先生が、わたくしは先生の意見を大切にしているのですが、『今度のことはちょっとしたまちがいで、ルーシーは高価な物とも知らずに、ただあの指輪がほしくて作り話をしたのだ』とおっしゃったのです。そうだとしても、おまえはうそをついたということに変わりありません。わたくしは、使用人が、とくに、子ども部屋で働く使用人がうそをつくのは決して許しません。今いったこと、よくわかりましたね」

「はい、おくさま」と答えながら、ルーシーは、どんなことをしてでもぜったい指輪の近くにいようと、自分にいい聞かせた。もし、ここを追い出されたりしたら、指輪を取りもどすチャンスは完全になくなってしまう。夫人がなおも話しているあいだに、とつぜん、おもしろいことが頭にうかんだ。もし本当にわたしを帰すことになったら、どうなるかしら？　わたしに帰る家なんてないと知って、きっとびっくりするわね。しかし、目の前にいる古風で冷たい感じの美しい夫人をちらっと見ただけで、そんな想像は消えてしまった。夫人は、なんのためらいもなく、ルーシーを追い出して救貧院に入れてしまうだろう。

台所にもどりながら、ルーシーは、これからどうしたらいいのか考えた。今、指輪はターコネル夫人の手元にある。夫人は、どこにそれをしまうのだろう。たぶん、自分の部屋だろう。ウェイド先生の部屋からなら、指輪を取りもどすチャンスはあったかもしれない。でも、ご主人さまたちの部屋がある方へは行けないし、たとえ行けたとしても、夫人の部屋がどこなのかわからない。ルーシーは、すっかり落ちこんでしまった。指輪が先生の部屋にあるあいだに、どうしてもっとがんばって取りもどさなかったのかと、自分にひどく腹が立った。指輪を取りもどす方法は、ぜったいあったはずなのに。今となっては、ただ一つの望みはロバートだ。わたしの話が本当だと信じてもらえたら、きっと、ロバートは助けてくれるだろう。

「やれやれ、やっともどってきた」台所にもどったルーシーに、オシェアさんはぶつぶつ文句をいった。「いったい、何があったんだね？　おくさまが、聖書でも読んでくださってたのかい。さあ、がんばって働くんだよ。これ全部、応接間に運ばなくちゃならないんだから。最初の馬車が先ほど着いたから、みなさま、お茶をお待ちだよ」

ベラ・ジェーンとマギーは、オーブンからスコーンやケーキを取り出すのにいそがしい。モリスさんもすぐそばにいて、手のこんだおかしに最後のかざりつけをしている。

「ほら、ルーシー、このマフィンをトーストして。こがさないようにね」フローリーがいった。かまどの周りにはたくさんの人がいたので、いわれた仕事をやるのは簡単ではなかった。しかし、ルーシーは、いそがしく働いているみんなのじゃまになることもなく、どれもこがさずに上手にトーストすることができた。フローリーは、ルーシーからマフィンを受け取ると、熱湯を入れたボウルの上の皿にのせた。オシェアさんは、ハチミツのケーキをオーブンから取り出しながら、ネリーに大声でいった。「そっちの白いケーキ、急いで持ってきておくれ」マギーは、キュウリのサンドイッチをのせた皿にパセリをかざりつけていた。

やっと、お茶のために用意したものが全部、応接間に運びこまれた。そこでは、マッギンレーが、白い手ぶくろをして待っていた。

「ティーポット、クリーム入れ、砂糖入れなどの銀食器は、もう、ウィンターズさんがテーブルに並べているはずよ」ネリーがいった。「ときには、おくさまがお茶をつがれることもあるわ。でも、お客さまがたくさんいらっしゃるときは、マッギンレーもおつぎするのよ。そのあと、エセルがケーキなどをお配りするの」

ルーシーは、さっきトーストしたマフィンやケーキとお茶を、ウェイド先生のところに運んだ。

「やっぱり、子どもたちのお茶とはちがうわね」ルーシーは思った。子どもたちは応接間に行っていて、先生しかいなかった。

「おくさまからお話があったと思います」ウェイド先生がいった。ルーシーがうなずくと、先生は続けた。「指輪のことはもう忘れてしまいなさい。おくさまは厳しい方だと思ったかもしれませんが、使用人のことを考えてくださるお方です。だから、おっしゃるようにしなければなりません」

「はい、先生」暖炉の火をおこしながら、ルーシーはおとなしくいった。先生は、あるお客さまづきの侍女に会うからといって、部屋を出ていった。

「こんなことって！」ルーシーは、腹立たしかった。「今、この部屋には、わたし一人だけ。それなのに、指輪は、この部屋になくて、応接間にあるなんて！」

ルーシーは、道具部屋の戸棚にそうじ用具をもどしたとき、かべ板の一枚がほかとちがっているのに初めて気がついた。その中央には、取っ手がついている。取っ手には、応接間で見たものと同じような彫刻がしてあった。たぶん、そのかべ板は、ルーシーがメリノクロスを探そうとしてわきに寄せたカーテンでかくれていたのだろう。それで、かべ板に気がつかなかったのだ。

不思議に思って取っ手をおすと、かべ板がすっと動いた。戸なんだ！　中は真っ暗だった。のぞきこむと、せまい階段があった。「ひみつの通路だわ！　探検してみようかしら」ルーシーはわくわくした。でも、ウェイド先生や子どもたちがもどってくるまでに、そんな時間があるだろうか？　この道具部屋は居間に入ってすぐ横にあるのだから、だれにも見られずに居間にもどれるはずだわ。思いきって探検してみよう。ルーシーは、居間の暖炉の上からマッチを持ってきて、ろうそくに火をつけた。

　ひみつの階段を下りる前に、後ろの戸を少しだけ開けておいた。胸がどきどきした。顔にかかるクモの巣に身ぶるいしながら、ほこりの積もったらせん階段をゆっくりと下りていった。階段を下りきると、ろうそくのゆらめく光の中、目の前にまた、かべ板が現れた。そっとおしてみたが、最初は開かなかった。二度目におしたとき、ほんの少し開いた。息をつめて、そのわずかなすき間からのぞいてみた。

　人々の話し声や笑い声が、かなりはっきりと聞こえてくる。もう一度、戸を少しおして、またのぞいてみた。なんと、そこは応接間だった！

　シルクやシフォンのおしゃれなドレスを着た女の人たちや、あごひげと口ひげを生やした男の人たちが、すわってくつろいでいた。マッキンレーとエセルが給仕をしている。来客用に身なりを整えたエセルがサンドイッチやケーキを配って回るとき、帽子のかざりリボンが上下にゆれていた。

「みんなに気づかれたら、どうしよう」ルーシーは、思わず後ずさりした。しかし、すき間はとてもせまいので、だれかがよほど注意深く見ないかぎり気づかれることはまずないだろう。その上、この戸の真ん前に、象眼細工のかざりだんすがあるのだから、ここまではだれも近づけない、と思った。

ターコネル夫人がいすから立ち上がって暖炉に近づくと、客たちの会話がいっしゅん途切れた。夫人が何か話そうとしているのに気づいて、客たちは会話をやめたようだ。

「今、わたくしの手元に、お客さまのものがございます」夫人は、かん高い声でいった。「それは、どなたかお客さまの大切なものと思われます。もちろん、わたくし、ぬすんだりしておりませんわ」夫人は、いたずらっぽく笑った。「一昨日、むすめのエリザベスが見つけましたの。たぶん、七月にこの館においでくださったとき、どなたかがこのようなすばらしい指輪をなくされたのではないか、と思うのです」

ルーシーがいる戸のすき間の前にだれかがやって来て、応接間のようすが見えなくなった。

ルーシーは、夫人が小さな箱を開けて指輪をみんなに見せているにちがいないと思った。おどろきと興奮でざわめく声が聞こえる。女のお客さまたちはみんな、よく見ようとして指輪に近づいたらしい。「まあ、なんて、美しい！」「まぶしいほどかがやいてますわ！」「こんなすてきなルビーを見るのは初めてですわ！」さまざまな声が聞こえる。しかし、自分のものだと申し出る人はいないようだ。すき間の前にいた人がいなくなったので、ルーシーには、夫人が指輪を箱にもどすのが見えた。

「むすめが喜ぶと思いますわ。この指輪を、とても気に入ってるようですから。ところで、みなさま、ディナーのおめしかえの前にひと休みなさりたいことでしょう」

ターコネル夫人が、暖炉の右に下がっているふさつきの長いひもを引いた。しばらくすると、モリスさんが入ってきた。女のお客さまたちは、部屋から出ていった。ルーシーは、いっしゅん、ターコネル夫人が指輪を持っていってしまうかと思った。しかし、夫人は、指輪を暖炉のそばの小さな机の引き出しに入れた。まもなく、男のお客さまたちも部屋をあとにした。ビリヤードでもしようか、と話している人もいた。

ついにチャンスが来たんだわ！　お客さまが出ていき、ドアの閉まる音を聞いて、ルーシーは、興奮をおさえられなかった。注意深く応接間のようすを確かめる。

ああ、なんてこと！　ウインターズさんとマッギンレーが現れた。ウインターズさんは、暖炉の火と明かりについて指図をした。エセルもやって来て、お茶のあと片づけをして部屋をきれいに整える。ルーシーがあわてて戸を閉めると、かすかにカチッと音がした。

「今は、あきらめるしかないわ。あの人たち、いつまでここにいるのかしら。でも、指輪がどこにあるかはわかったから、今夜、取り返そう」

台所は戦場のようなさわぎになっていた。フローリーが、黒いかまどの前で大なべのスープをかき混ぜている。マギーは、大きな調理台のはしでカブを切っている。オシェアさんは、小さな皿形に焼き上げたパイにホワイトソースで和えたチキンを入れながら、早口でネリーに次々と命令している。「四番のシチューなべ、子牛用だよ。ハト用には二番。あの子は、まだ、ボラを持ってきてないのかい？　フローリー、スープはもういいからソースにかかっておくれ……おやまあ！」ルーシーに気がついたオシェアさんがいった。「どこに行ってたんだい？　ひどい格好！　さあ、ほこりをはらって、ミニーがお湯を運ぶのを手伝うんだよ」

ルーシーは、食器洗い場の流しの上にある小さな鏡で自分の姿を見た。オシェアさんがあんなにびっくりしたのも無理はない！　顔には、ほこりが筋になってついているし、帽子はゆがんでいる。ルーシーは、手早く顔を洗い、帽子を真っすぐに直すと、急いで台所にもどった。かまどの右にある大きな銅の容器についたじゃ口から、ミニーが、取っ手つきのかんにお湯をそそいでいた。そのかんを二つルーシーにわたして、自分も二つ持ってから、ミニーがいった。

「わたしについてきてね、ルーシー」

ミニーのあとについて裏階段を上がると、スイングドアの向こうに部屋が並んでいた。「まずドアをノックしてから、『お湯をお持ちしました』っていうのよ。そうしたら、お客さまの侍女が出てきてお湯を受け取るわ。空のかんがもどされたら、下に行って、またお湯を入れるの。わたしたちが受け持つのは四部屋よ」ミニーが教えた。

ルーシーが部屋の一つをノックしたとき、使用人食堂で見かけたやせた女の人が出てきた。

「おそいわね！　ターコネルおくさまは、待たされるのがおいやなのよ」その人は、かんをぐいっとつかんで、文句をいった。

階段を下りながら、ルーシーはミニーに聞いた。「今の人、スペンサーさんといったかしら、いつも、あんなふうなの？」

「だいたいそうね。あの人は、いつも自分の方がえらいと思ってるのよ。でも、最近は前にもましてきげんが悪いの。落ちこんでるせいだって、オシェアさんがいってた」

「落ちこんでるって？」ルーシーは不思議そうな顔をした。

「つきあってた男の人に捨てられたからよ」ミニーが説明した。

「かわいそう」ルーシーは同情するようにいった。

「放っときなさいよ。わたし、あんな人にはかかわらないわ。もめごとばかり起こすんだから」

ミニーが冷たい口調でいった。


二回目のお湯を運び終えたあと、ルーシーは、正面階段の方へ行ってみた。見下ろすと、おどり場が見えた。大きなランプがいくつも、高い天井からくさりでつり下げてある。ランプにはすでに明かりが灯り、おどり場にある暖炉の火は赤々と燃えている。「ここの冬はとても寒くて、部屋の暖炉だけでは足りないのね。いつでも、どこにでも、火が必要なんだ。わたしの受け持つ暖炉は子ども棟の四つだけだから、運がよかったわ。エセルとミニーは、それ以外の部屋と、下の階の暖炉を全部受け持ってるんだから」ルーシーは思った。

ルーシーが、スイングドアの方にもどろうとしてろう下を歩いていると、後ろの方で声がした。ロバートだった。

「ちょっと待って、ルーシー！」

「ほんとにちょっとしか時間がないんですけど。すぐ下に行かないと、オシェアさんにしかられます。ディナーの準備で、みんな、大いそがしですから」

「ぼく、きみがいったことを考えてみたんだ。もちろん、今でも信じられない話だけど……でも、もしかしたら……」

「わたし、ほんの二、三分だけ、あの指輪が必要なんです」ルーシーは、熱心にうったえた。「ぼっちゃまが見ているのに、持ちにげなんて、できるわけありません。わたしの話が本当なら、わたしは消えてしまうはずです。もし、消えなかったら、指輪をお返しします。それで、指輪のことは終わりです」

「きみを信じたいよ、ルーシー。でも、もし指輪を取ってきたら、ぼくはどろぼうになってしまう。きみの話が本当だと証明してくれたらいいんだけど……」

後ろの階段の方で足音がした。「考えてみます。何か思いついたら話します」あわててそういうと、ルーシーはスイングドアの方に走っていった。

お客さまの従者や侍女がたくさん来ているので、ルーシーは、ベラ・ジェーンの手伝いをするようにいわれていた。それで、いつもより早めに子ども部屋に食事を運んでから、〈あのお部屋〉へ行った。

居心地のよさそうな部屋だ。暖炉の両側にひじかけいすが置かれている。カーテンが閉めてあって、ランプのやわらかい光が、雪のように白いテーブルクロスを照らしていた。ベラ・ジェーンが、ゆでたブタも肉の大皿を、サイドボードの上の熱湯入り容器にのせた。ルーシーは、野菜の皿を別の熱湯入り容器にのせる。やがて、部屋は人でいっぱいになった。ウインターズさん、モリスさん、フォックスさん、スペンサーさん、そして、お客さまの従者や侍女と思われる知らない顔ぶれだった。

ベラ・ジェーンが、ウインターズさんの前に肉の大皿を置いてふたを取った。ウインターズさんが肉を切り分けると、ベラ・ジェーンがそれを配って回る。ルーシーは、焼きトマトとインゲン豆を持ってあとに続く。「最初はウインターズさん、次がモリスさん、それからお客さまの従者や侍女、ほかの人たちはそのあとよ」ベラ・ジェーンが教える。ウインターズさんの前に来たとき、ルーシーは手がふるえたが、幸いなことに何も失敗せずに済んだ。

テーブルでは、明日の狩りの予想、天気、この数か月間に行ったアイルランドやイングランドのいろいろな地方の話などをしているようだ。ルーシーは、給仕のとき以外、ベラ・ジェーンとサイドボードのところにいたので、よく聞きとれなかった。まもなく行われる選挙について話す人もいた。

「ソールズベリーなら、この大英帝国の体制を守ってくれるにちがいない」ウインターズさんがいった。選挙に大いに関心があるらしい。

レモン味の焼きプディングを半分ほど食べたところで、家中にどらの音が鳴りひびいた。侍女たちは、デザートを急いで食べてしまうと、部屋から出ていった。

「あれは、おめしかえの合図よ。ディナーの一時間くらい前に鳴るの」ベラ・ジェーンが説明した。

子ども部屋のトレイを集めてルーシーが台所にもどると、ディナーの準備が順調に進んだのか、オシェアさんは、いすにすわってチキンパイを食べていた。フローリーとマギーは、かまどの上のシチューなべをのぞいたり、ソースをかき混ぜたり、オーブンの中の肉の焼き具合を確かめたり、まだいそがしそうに動き回っている。

「ほら、チキンパイがあるよ。今のうちに少し食べておいた方がいい。ディナーが始まったら、みんな、食事どころではなくなる。もう、まもなくだよ」

「わたしたち、何をしたらいいんですか」パイを一切れ取って、ルーシーが聞いた。

「いわれたことは何でもだよ。リフトに料理のお皿をのせてダイニングルームに運び上げる。下りてきたものを台所に持ってくる。その合間に、目についたものをどんどん洗う。深なべ、平なべ、片手なべ、なべのふた、いろいろな入れ物など、何もかもね」

ルーシーがパイをほとんど食べ終わったころに、また、どらの音がした。「ディナーのどらよ。みなさまが応接間に集まる合図」ネリーがいった。

食品貯蔵室からショウガの砂糖づけを取ってきたエセルが、お皿を持ったまま台所をのぞいて、笑顔で聞いた。「ルーシー、ダイニングルームを見たくない？　準備がすっかり終わっていて、今は、まだだれもいないわ。女のお客さまたちは、まず、応接間に集まるのよ」

「もちろん、見たいです！」ルーシーは、いすから飛び上がって、お願いします、というような目でオシェアさんを見た。

「しょうがないね、ちょっとだけだよ」オシェアさんは、ルーシーにいってから、エセルに注意した。「この子は、どこかに行くと、いつも一時間は帰らない。ウインターズさんが『ディナーのご用意ができました』と告げる前に、必ず帰ること。いいね、必ず、その前にだよ」

ダイニングルームのシャンデリアすべてに明かりがついている。テーブルには、ふちが金色のお皿、ぴかぴかにみがいた銀のナイフやフォーク、クリスタルのグラス類がずらりと並んでいて、ごうかだった。長いテーブルの中央部分に、低くまとめた生け花と、生の果物とドライフルーツを盛り合わせた高足の容器が一列に並んでいる。中心をかざるひときわ高い足つき容器には、見事なブドウ、リンゴ、プラム、洋ナシが、大きなパイナップルを取り囲むように盛り合わせてあった。

「すてきだわ！」ルーシーは息をのんだ。うっとり見とれているルーシーに、ワインを置いたサイドテーブルのそばでいそがしそうにしているウインターズさんでさえ、笑顔を見せた。ウインターズさんは、夜会用の立派な服に身を固めている。

黒味を帯びた赤いダマスク織の布を張ったかべには、歴代の正装した紳士や淑女のくすんだ肖像画がかかっている。その中の一人、美しい女の人に、ルーシーはとくに目をうばわれた。うすいグレーのサテンのドレスを着ていて、ひだの部分が明るく光っている。

「あれはターコネル卿のおばあさま」エセルが小声でいった。「ご両親に結婚を反対されて、ある夜、かけおちしたの。向こうの肖像画が、そのご主人よ」

「これ全部、ご先祖の人たちなの？」

「そう、全部よ！　肖像画は、いつもダイニングルームにかけてあるの。ご先祖といっしょに食事をするのがしきたりだから……あ、見て見て、女の方たちがこっちにいらっしゃるわ」

ルーシーが少し開いていたドアからのぞくと、階段を下りてくる人たちが見えた。先頭の背の高い人は、とび色の髪の毛を頭のてっぺんで高くゆい上げ、サテンのドレスを着ていた。細身のスカートは緑色、ウエストから上はこいクリーム色で、うす緑色のししゅうがしてある。そして、肩には、緑色のアップリケをしたクリーム色のショールをかけている。「あれは、ゴードン夫人よ」エセルがささやいた。

ルーシーが、そのすばらしさに、まだぼうっとしているうちに、続いて女の人が二人現れた。一人は黒っぽい髪の毛で（エセルによるとロスマーチン伯爵夫人だそうだ）、真紅のベルベットのドレスに明るい赤のサテンのぴったりしたベストを重ね、長いフリンジつきの黒いショールをかけている。ショールには、細かい花模様のししゅうがしてある。もう一人の髪はブロンドだった（フィッツジェラルド閣下夫人だとエセルが教えてくれた）。白地にあわいピンクとグリーンの花模様のドレスは、後ろ部分が肩からすそまで真っすぐで、そでは、肩のところでふくらませてある。ショールも同じ花模様だった。

最後にターコネル夫人がやって来た。月の光が星の光を打ち負かすようにほかのだれよりもかがやいている、とルーシーは思った。クリーム色のサテンにせん細な黒いレースを重ねたドレスを着て、ゆい上げた髪には大きな羽かざりをつけている。

「あのドレスは、去年の冬、アイルランド総督のぶとう会用に作ったものよ。総督は、女の人は全員アイルランド製の布地を使ったドレスを着るように、とおっしゃったの。あのレースは、カリックマクロス修道院の修道女が編んだものなの。サテンに重ねる前のレースは、まるでクモの巣のように見事で、びっくりするわよ」エセルがいった。

台所は大変ないそがしさで、全員が走り回っていた。ルーシーは、ネリーを手伝って、簡単なしかけのリフトまで料理の大皿を運んだ。リフトは、ダイニングルームの外のろう下へ滑車でつり上げられる。「ろう下ではミニーが待っていて、ダイニングルームに料理を運ぶの。すみの方に間仕切りがあって、そばに料理を置くテーブルがあるのよ。ウインターズさんがそこにいて、最後の点検をするの。料理の大皿は、冷めないように、熱湯の入った容器の上にのせ

てあるわ。スープが終わると、次に出すものを準備して、マッギンレーが、もう一人の従者といっしょにお客さまにお出しするの」

「もう一人の従者？」

「ジャガイモを持って洗い場に来た顔色の悪い男の人がいたでしょう、覚えてる？　いわれたことを何でもする何でも屋。乗馬用ブーツをみがいたり、石炭やジャガイモを運んだり。〈あのお部屋〉で給仕をすることもあるし、お客さまがあるときは、制服を着て従者にもなるわ！名前はパトリック、いやなやつ……」ルーシーは、それがどういう意味かネリーに聞きたかったが、次の料理をリフトにのせる時間になったので、聞きそびれた。

仕事があまりにいそがしくて、デザートのプディングが出されたころには、ルーシーはつかれきっていた。よろよろしながら、ネリーといっしょに、よごれた食器の最後のひと山を台所に運んだ。

オシェアさんが、お茶のマグカップを手に台所のテーブルにすわっていた。「ディナーもそろそろ終わりだから、オシェアさんもほっとひと息ね」ネリーが、笑いながらルーシーにいった。

「万事うまくいったようだね。リブロースは、ターコネル卿のお好みどおりの焼き加減だったし」オシェアさんが、フローリーにいった。

「あの方たち、あんな血のしたたる肉をよく食べられるわね。わたしには、とても理解できない。おお、いやだ」フローリーが、鼻にしわを寄せていった。

「ああいうのが、お好みなんだよ。わたしら使用人はみんな、肉はよくよく焼いたのがいいんだけどねえ。あちらさま方がめしあがるものを見てごらんよ。ノウサギ、シカ、それにアナウサギまで……。ウインターズさんがアナウサギを食べるなんて、ありえない。いつも『害じゅうだ』といってるからね。さあ、みんな、そろそろ皿洗いを始めた方がいいよ」

「あと、二分だけ待ってください。ひと晩中走り回って、くたくたです」ネリーがたのんだ。

「そうかもしれないけど、でも、あんたたちは若いから、だいじょうぶじゃないのかい？　それに、今は何でも便利になってることだし。わたしの若いころ、ここのダイニングルームは台所から何百メートルもはなれていた。料理ができあがって料理人が大皿に盛りつけると、従者のジェイムズが、それを持って、ダイニングルームまで文字どおり走っていったものだ。ろう下を走って、階段をかけ上がってね。以前のお館は、そんなだった」

「着いたころには、料理が冷めてしまってたでしょうね」ルーシーは、話を長引かせたくて、そういってみた。

「もちろんだよ！　寒い夜には、食べる前にすっかり冷たくなっている。あんたたちは、今の時代に生きていて幸せだよ。便利なものが、いろいろそろってるからね」

ルーシーは、半分うわの空で聞いていた。「ロバートぼっちゃまを味方につけることさえできたら……。そしたら、きっと、指輪を取りもどすのを手伝ってもらえるわ。いい方法を考えなくちゃ」

少し元気が出て、ルーシーは、ネリーについて洗い場に行った。木のわくにはめこんだ陶製の流しが二つあって、大きくて不格好な真ちゅうのじゃ口がついている。ゆかには銅や鉄の片手なべや両手なべが置かれ、水切り板の上にはさまざまな形の素焼きの入れ物が積み上げられていた。

「今は幸せだなんて、オシェアさん、よくいうわね」ルーシーは、腹が立ったが、ネリーといっしょに台所から運んできた大なべの熱湯を洗い場の流しに空けた。「これじゃあ、ひと晩中かかるわ」

「だから、さっさと始めた方がいいの！」ネリーは、ルーシーに布とブラシをわたし、ゆかから銅の片手なべを持ち上げてごしごし洗い始めた。「少なくとも、わたしたちは、めんどうな仕事を何もかも引き受けてるわけじゃないわ。エセルとミニーは、かわいそうに、上の階の食器室の係で、グラスやお皿を全部洗うんだから、とても大変なの。もし一つでも割ってしまったら、どんなことになるか……」

「どっちが大変か、わからないわ」特別しつこいよごれをこすり落としながら、ルーシーはぶつぶついった。「残った食べ物はどうするのかしら」

「フローリーとマギーが、これから片づけるわ。使用人食堂や〈あのお部屋〉の明日のパイやにこみ料理に使うものもあるし、冷たいまま食べる肉料理は上の階の朝食のテーブルに並ぶわ」

「それ全部、どこにしまっておくの？」

「あそこの料理保管室よ」ネリーは、台所から三段上がった小部屋の方に顔を向けた。「すずしいのよ、風通しがよくて」

「冷蔵庫があれば助かるのに」ルーシーは思った。「だけど、ダイニングルームからもどってきた食べ物を全部しまうには、ものすごく大きな冷蔵庫が必要だわ」

ルーシーたちは、フローリーとマギーが運んできたたくさんのなべや入れ物をやっと洗い終わった。洗い場は、すっかりきれいになった。台所では、マギーが、テーブルをふいたり、オーブンをみがいたりしていた。オシェアさんは、マグカップのお茶をもう一度ぐっと飲むと、また昔の話を始めた。公爵や公爵夫人たちのこと、ぶとう会や夜会のこと、スコットランドでの狩りの会のこと、オシェアさんが南フランスに行ったときのことなど。

ぼんやり聞いていたルーシーの頭の中に、だいたんな計画がうかんできた。

マッギンレーが台所に入ってきた。「ご主人さまからのおことづてです。お客さま方はそろって、お料理が大変おいしかったとほめておられたそうです。いつものことですが」

「そりゃあ、そうだよ。こんなすばらしい料理は、この前ここに来られたとき以来だろうからね。さあ、あんたたち、もうねなさい。明日の朝は、早く起きてもらうよ。二人とも、よくがんばったから、フローリーからパイをもらってお行き」

手に持っているろうそくの明かりで、料理保管室の白いタイルのかべが見えた。かべにそった長い棚には、パイやローストされた大きな肉のかたまりがのった皿が並んでいて、そのほとんどに、小さな空気穴のあるドーム型のふたがかぶせてあった。ゼリーやタルトも並んでいた。

つかれきったルーシーとネリーは、フローリーからパイをもらって、部屋に引き上げた。

9　かべ板のすきまから

パイを食べているあいだも、ルーシーは、ルビーの指輪のこと、さっき思いついた計画のことを考えていた。今夜、ひみつの階段を下りて応接間に入る。指輪はどこにあるか、わかっている。一秒もかからずに、取りもどせる。そうすれば！

「お客さまは何時ごろお部屋に引き上げるの？」ルーシーは、ネリーに聞いた。

「十一時か十二時ごろよ。次の日狩りに行くときは、みなさん、そんなにおそくまで起きてないわ」

時計を見ると、十一時を過ぎたところだった。ネリーは、もう着がえてベッドに入っていて、大きなあくびをしながらいった。「ああ、つかれた。何か月でもねむれそう。オシェアさんの話を聞いてないで、もっと早くねればよかった。昔のことなんか話して、何になるの！　昔はひどかったってよくいうけど、今だって、あちこちで立ち退きがあるじゃない。それより、ルーシー、すぐねた方がいいわ。朝、起きられないわよ」

ルーシーは、ネリーがいっていることをほとんど聞いていなかった。わたしにやれるかしら。その勇気があるかしら。子ども棟は少しはなれているので、ろう下でだれかに会う心配はほとんどない。ウェイド先生と子どもたちは、もうねているだろう。子ども棟に入りさえすれば、計画の半分はうまくいったことになる。道具部屋は簡単に入れる。ウェイド先生が居間にいるなんてことがなければ、だれにも物音を聞かれる危険はない。わたしがやるべきことは、ドアを開けてひみつの階段を応接間まで下りていき、お客さまが寝室に引き上げるのを待つことだけだ。

ネリーがぐっすりねてしまい、ほかの部屋のメイドたちもねてしまうまで、ルーシーは、もう少しだけ待つことにした。横になって暗やみを見つめながら、暗くても文字ばんが光るわたしのあの腕時計があったらなあ、と思わずにはいられなかった。この時代って、何もかも、なんて不便なんだろう。

火のついたろうそくを持って歩きたくない。ろう下の明かりがまだついていますように。とにかく、マッチは持っていかなくては。ネリーが目を覚ましてろうそくをつけようとしませんようにと、そっといのった。でも、もしそんなことになっても、マッチがないんだから、ネリーは何もできないわ。思わず、にんまりとした。

運がいいことに、メイドたちの部屋のろう下でも、裏階段でも、子ども棟のろう下でも、だれにも会わなかった。ルーシーは、そっと居間にすべりこみ、それから道具部屋に入った。辺りは、しーんと静まり返っていた。みんな、ねているにちがいない。取っ手をおすと、かべ板が聞きおぼえのあるカチッという音を立てて、開いた。ろうそくに火をつけて、ひみつの階段を下りた。

いちばん下まで来て、音を立てないようにかべ板をおしたとき、話し声が聞こえた。お客さまは、まだ引き上げていなかったのだ。それなら、待つしかない。きっと、もうすぐ、ターコネル夫人が、よくひびく声で、そろそろお休みくださいというだろう。

しかし、耳をすますと、女の人の声は聞こえない。明らかに、寝室に引き上げて、残っているのは男の人だけだ。みんなが議論に熱中していることがわかって、ルーシーはがっかりした。たぶん、夜中の一時、二時まで続くだろう。しかたがない、どんなにおそくなってもここにいよう。ルーシーは、決心した。

「ところで、ターコネルさん」と話し始めた人物が見えた。背の高い赤毛の男の人だ。

「最近、危険な動きがみられるが、それをあおっているのは、地方の聖職者たちだ。とくに、マクファッデン神父は、いわれるままに小作料をはらうな、といって人々をあおっている。しかも説教壇からあおっているんだ」

「残念なことに、上に立つ人たちがあの神父をおさえられないんですな」背の低い太った男の人がひどく腹をたてていた。あれは、きっとフィッツジェラルドさんだわ。あんまり太っているから、何にでもぶつかるのよ、とネリーがいっていたことを思い出して、ルーシーは、つい、くすくす笑ってしまった。「法王、マニング枢機卿……、すべての司教は、聖職者が政治的な問題にかかわることに反対している。アイルランドは、混乱状態だ。小作人が立ち退かされたあとの土地を手に入れた人たちが、毎日のように、暴力をふるわれている。暴力を取りしまろうとしても、出頭命令の令状さえ届けられない。届ける役人が石を投げられる始末だから、郵便で送らなければならない。今や、直接届けるのは危険だ」

「人々が悲惨な状態であるのは、だれが見ても、明らかです」ルーシーは、ターコネル卿の声だとわかった。「この二年間は厳しいものだった。春は雨不足、夏は日照り続き。牛やバターの価格も下がった。ゴードンさん、どう考えられますか」

「おっしゃるとおりです。仲買人によれば、牛の価格は、二年前の半分以下だそうですよ」

「われわれにできるのは、しんぼう強く、よい時代が来るのを待つことですな。われわれは、小作人ほど悲惨な状態ではない」

「しんぼう強くですと？　おとなしくしているあいだに、われわれの生活全体がそこなわれていく。グラッドストン首相の、あの屈辱的な農地法、どう思われますか」声の主は赤毛の男性だ。

「適正な地代、小作権の安定、売買の自由を決めたあの法案ですね。ロスマーティンさん、われわれは、それについて、異議を唱えることなんかできますかね？　あの法案は正しいと思いますよ。それに、われわれには、大きなえいきょうはないでしょう。せいぜい、収入が一〇パーセント減るくらいだと聞いています」

「一〇パーセント減るとやっていけない場合は、どうなるんですか」フィッツジェラルド卿の声が、ますます熱をおびてきた。「われわれがどういう状況にあるか、聞いてくれる人などいませんよ。キングストン家を見てください。ひどい貧困生活になっています」

「フィッツジェラルドさん、知ってのとおり、あの法案は、ぜひとも必要なものだったんですよ。議会も、はっきりと理解していたんです。アイルランドで暴動がなくても、あの法案は通ったと思いますよ」

「すべては、〈土地連盟〉のおかげですかな。その〈土地連盟〉も、幸いなことに、一八八一年につぶされた」

「その代わりに何ができたと思いますか。〈アイルランド国民同盟〉ですよ。人数は〈土地連盟〉とほぼ同じで、えいきょう力は二倍。もはや、適正な地代とか小作権などは問題にしていない……要求しているのは国の独立だ」

「さっさと終わりにしてよ!」ルーシーはいらいらした。「議論しても何の解決にもならないのに」

「後ろには、いつもパーネルがいる。パーネルは、土地について争うのをやめた。望んでいるのは、アイルランドがイギリスから自由になることだ」

「あいつを打ちのめすべきだ。裏切り者以外の何者でもない。あいつの属する地主階級と宗教にとって、はじさらしだ」

「母親はアメリカ人だ。それを考えれば、よくわかる。あいつのいう平等なんて、いい加減なものだ」

「悪いことに、あのおろか者のグラッドストンが、パーネルとぐるになっている。ミドロージアン地方で、アイルランド自治について演説したでしょう。読みましたか。保守党の連中は何をやっているのか。老ソールズベリーに期待したのに、民族運動を弾圧する法案をつぶすとは！」

「そうせざるを得なかったんでしょうな。ソールズベリーは、パーネルとアイルランド自治党の支持を得たかったんですよ」

「われわれは、あのペテン師の人質になっているようなものだ。どんな選挙をしても、アイルランド自治が議題に上ることはさけられない」

「しかし、アイルランドが自国のことに発言権を持つのは当然ではないですか。ちがいますか」

「まあまあ、ターコネルさん、何をいっておられるのですか。アイルランド自治は、われわれ地主たちにとっては、とむらいの鐘ですよ」

「しかし、ロスマーティンさん、提案されているのは、限定された形の自治で、植民地のようなものです。アイルランドは、大英帝国の中にとどまるんです。現在、イギリスは、われわれをチェスのこまのように動かしている。農産物が高く売れないのは、自由貿易のせいですよ。イギリス人は、自国の産物を何でもここで自由に売ることができる。われわれは、それに対して無力だ。声も上げられない。すべての決定は、ロンドンで行われる」

「しかし、パーネルは、アイルランド自治で満足するだろうか。いわせてもらえば、今日はアイルランド自治、明日は完全なる独立、といいだすだろう」

「ほかの案だって、ひどいものですよ。今日は弾圧、明日は暴動。そして、ついには、独立」

「保守主義者と自由主義者の争いの中で、われわれは、確かに、チェスのこまのようなものだ」

フィッツジェラルド卿が、にがにがしげにいった。「もうすぐ選挙だが、結果がどう出るか、だれにもわからない」

「パーネルが、すでに、エイボンデールに来ているそうだ、狩りに招待されて」ロスマーティンさんが小声でいったので、ルーシーは、耳をそば立てた。「陸軍大尉のオシェアは、招待されたのに、断ったらしい」

ルーシーは考えた。「一八八五年の選挙のことだわ」

「オシェアのことなどかまうな」フィッツジェラルド卿がかみつくようにいった。「パーネルは、やっかい事を起こしに来た。あいつは、アークロウでキャンペーンを始め、ダブリン市長の晩さん会で、さらに強力な選挙運動を行った」

「あいつは、おとなしく家にいて、身辺整理でもやっていればいいんだ。そうすれば、借金清算のために金を集めるなどといいださなくてもよかったのに。全くひどい話だ」

「それはいい過ぎですよ」ゴードン卿のゆったりした声がした。「パーネルは、金集めはしなかったんですから。それはそうと、だれか、わたしにも四万ポンド出してくれる人はいませんかね……」

笑い声が上がった。それから、ターコネル卿の声がした。「さて、みなさん、そろそろお休みになる時間です。あすの朝は、出発が早いですよ。国家の問題は、また夜に、としましょう。われわれがここで何をいっても、何も変わりませんよ」

みんなが立ち上がる気配がして、いすの動く音がした。

ゴードン卿が、また、しゃべり始めた。「パーネルについて聞いた、とんでもない話をしなければなりませんな。例の有名な小切手は、大勢の前で公然とわたされたんですよ。ダブリンのモリソンホテルでのことです。正装した市長はじめ、全員が席につき、晩さんの用意も整い、まさにスピーチが始まろうとしたそのとき、パーネルが入ってきて、市長がひと言も発しないうちにいったそうだ。『わたしがいただく小切手は用意できているでしょうね』市長は、あっけにとられたようすで小切手を取り出し、もう一度スピーチを始めようとすると、パーネルがたずねた。『それは、わたしが受取人に指定されていますか』そうだといわれると、パーネルは、小切手を受け取ってチョッキのポケットに入れると、さっさと行ってしまったんだそうだ」

ゴードン卿の最後の言葉が聞こえてきた。

「セクストンがティム・ヒーリーにささやいたように、『労働者だって、小さなナイフ一本借りただけでも、もっと感謝するだろうに……』」

「わたしの考えは、ちょっとちがいますね。パーネルにとっては、屈辱的な経験だったにちがいない……」

「まるでパーネルに味方しているみたいですね。しかし、ターコネルさん」

とうとう、話し声が消えた。「よかった！　やっと、みんな、引き上げた。強い男は無口だっていうけど、あの人たち、よくしゃべったわ」

ルーシーが応接間に入ろうとしてかべ板を少し動かしたちょうどそのとき、物音がして、ルーシーは、いっしゅん、その場にこおりついた。あわてて、ほんのわずかのすき間を残して、かべ板を元にもどした。

ウインターズさんとマッギンレーが応接間に入ってきた。当然だわ。明かりを消したり、火の始末をしたりしなければならないんだから。二人が立ち去るまで、長い長い時間に思えたが、ついに、ドアが閉まる音が聞こえた。かべ板を開けて、しのび足で中に入った。ろうそくのゆらめきに気づかれないように、手でろうそくをおおった。急いで机のところに行って、ふるえる手で引き出しを開けた。

中は空だった。小箱などなかった。指輪もない。ターコネル夫人が、自分の部屋に持っていったにちがいない。

ベッドにもどったルーシーは、あまりにもがっかりしたので、ねむることができなかった。わたしが二十世紀から来たことを、ロバートに信じてもらえたらなあ。それができたら、ロバートは、指輪を取りもどすのを手伝ってくれるだろう。

とつぜん、ある考えがひらめいた。なつかしい自分の部屋のようすが目にうかび、お父さんの話し声が聞こえる。棚には『やさしい科学』という本がある。「きっと、何か思い出せるわ。少しだけど、確かに読んだもの。あの電気の実験は何だったかしら。デイビッドとわたしがしたあの実験。あれを話せば、わたしが出まかせをいっているんじゃないって、ロバートにわかってもらえるわ。明日、よく考えよう。きっと、思い出せるわ。とても簡単な実験だったんだから」

ルーシーは、つかれきってねむりに落ちた。そして、ルビーの指輪の夢を見た。手に指輪をにぎっているのだが、青白い顔の男が、かげのように追いかけてくる。ルーシーが転ぶと、その男はルーシーをゆさぶって指輪をうばおうとした。ルーシーは、さけび声を上げた。

はっと目を覚ますと、ネリーが、肩をゆさぶっていた。「だいじょうぶよ、ルーシー。悪い夢を見ていたのね。でも、急がないとだめ。起きる時間よ。あら、ここにあったマッチは？」

10 電気の実験

その日の朝も、ずっといそがしかった。ルーシーは、暖炉の火をおこし、子ども部屋のそうじをしてから、ミニーがお湯のかんを上の階に運び上げるのを手伝った。台所では、狩りに持っていく昼食の準備が、もう始まっていた。オシェアさんが、パイや冷たい肉料理を大きなかごにつめている。温かいにこみ料理は、なべごと、干し草をしきつめた箱に入れる。「こうしておくと、何時間も冷めないのよ」フローリーが説明した。

「ご夫人たちも、狩りにいらっしゃるの？」ルーシーは、バターつきパンを食べながら、ネリーに聞いた。

「みんなではないけど、ロスマーティン公爵夫人はいらっしゃるわ。狩りの腕前がすばらしいんですって。ほかのご夫人たちは、ランチに参加するだけ」

「ピクニックランチなの？」

「そんな簡単なものじゃないわ」ネリーは、笑いながらいった。「テーブルにテーブルクロス、ワインにワイングラス、何もかもそろえて持っていくのよ。それに、ウィンターズさんとマッギンレーが給仕をするわ」

「雨だったら、どうなるの」

「館の中で過ごすのよ。農園にある大きな建物で、お昼をめしあがることもあるけど」

「ものすごい量の食べ物を持っていくのね」

「あれでも多すぎないのよ。昨日の夜のお客さまのほかに、この辺りの館のご主人さまたちが何人か加わるし、それから、勢子やお世話係もやって来るし……」

「勢子って？」

「狩りには行ったことがないのね」

「一度もないわ。みんなで野山に行って、目に入ったものを、猟銃でうつだけかと思ってたわ」

「まさか、そんなんじゃないわ。手伝いの若者がたくさんいて、その人たちを勢子っていうんだけど、その勢子が一列になって下草をたたきながら進むの。おどろいて飛び立った鳥を、待ちかまえていたご主人たちがうつのよ」

「それじゃあ、鳥は、にげられないわね」

「そうね。でも、鳥もにげることなんて考えるひまもないの。いっしゅんで終わってしまうわ。うち落とした鳥は、猟犬が集めてくるの。そして、その日のうちにここに運ばれてきて……。マギーとわたしが、時間をかけて毛をむしり取るのよ」

「えーっ……、あなたのいおうとしていること、わかるわ。『どうせ、鳥はいつかは死ぬ』でしょ？でも、ざんこくね」

「ルーシー、朝食のトレイがまだよ」ベラ・ジェーンが二人の会話に割って入った。ルーシーは、あわてて子ども部屋に向かった。エリザベスは、とてもきげんが悪かった。ルビーの指輪を自分のものにできなかったので、まだおこっているのかしら。

「今日は、午前中の勉強をやめましょう」ルーシーがトレイを台所にもどしてから、もう一度子ども部屋に行くと、ウェイド先生がエリザベスに話していた。「これからお客さまを一人おむかえします。エリザベス、あなたがいちばんすてきに見えるお洋服に着がえるようにと、お母さまがおっしゃっています」

エリザベスは何もいわなかった。だまって、いすから立ち上がり、自分の部屋へ入っていった。ウェイド先生は、ため息をつきながらいった。「わたしは、今から、夏のカーテンの取りかえについて、モリスさんと相談しなければなりません。ルーシー、エリザベスの着がえを手伝ってあげなさい」

「そんなの無理！　首を切り落とされちゃうわ」ルーシーは思った。ウェイド先生でさえ、朝のうちだけでエリザベスにうんざりしてしまったのだ。

「ロバート、幻灯機を出しておきなさい。フレデリックが喜ぶわ」ウェイド先生が、部屋を出ていきながらいった。

「幻灯機って、何かしら？」ルーシーは思った。

ロバートは、側面にうず巻き模様の真ちゅうのかざりがついた黒い箱を持ってきて、テーブルの上に置いた。そして、白い四角い大きな布を広げると、裁縫箱から取り出したまち針でかべに留めた。

「ルーシー、見てみたい？　ろうそくに火をつけるだけで、すぐに見られるよ」

ロバートは、暖炉の上からマッチ箱を持ってくると、幻灯機の後ろのふたを上げて、中のろうそくに火をつけた。それから、別の箱から四角いスライドを一枚出して幻灯機のレンズの後ろに入れ、横にゆっくり動かした。ルーシーがかべの白い布を見ると、そこには、けばけばしい色の悪鬼や悪魔が映し出されていた。

「ぼくの幻灯機、どう思う？」

ルーシーは、くすくす笑いながら、ロバートにいった。「テレビの元祖ですね」

「テレビ？　そんな言葉、初めて聞いた。それって何？」

ルーシーは、うれしくて飛び上がりそうになった。わたしが別の時代から来たことをロバートに証明するチャンスだ。

「テレビはテレビジョンを短くした言葉で、わたしの時代の人はみんな見ています。あなたの幻灯機のように絵を映し出すものです」

「きみのお父さんがスライドをたくさん持ってて、映してくれるの？」ロバートは、興味深そうに聞いた。

「いいえ、ちがいます。テレビのコードをコンセントに差しこんでスイッチを入れると、電気の力で映ります。コンセントとコードを通して電気が流れて、映るんです。絵や写真が見えるだけじゃなくて、人が話す声も聞こえます」

「そのテレビって、どんな形？」

「大きな箱で、前面はガラスです。そこに絵が映ります。箱の中には電気のコードがいっぱい入っています。どういう仕組みになっているかはあまり上手に説明できませんが、電気についてはお話しできます」弟のデイビッドといっしょにやった実験のことを、今ははっきり思い出した。

「ぼっちゃまにお見せしたいものがあるんですけど、その前に、ガラスのコップ、ウールの布、小さい厚紙、それに、はさみとコルクが必要です」

「水を飲むコップなら、ぼくの部屋にあるけど……」

「それでいいです。ウールの布きれは、道具部屋にあるはず。あそこには、紙もあります。はさみは、ここの道具箱の中のを使いましょう。あと必要なのは、コルクだけです」

台所にコルクを取りに行く気にはなれなかった。確か、ウェイド先生のベッドのそばのテーブルには、薬用酒のびんがいつも一本置いてある。ウェイド先生の部屋に走っていく。よかった、これでよし。先生からちょっとのあいだ、このびんのコルクを借りても、きっと許してもらえるわ。ルーシーは、無事に実験を終えるまでじゃまが入りませんようにと、いのった。ロバートが、テーブルの上にコップを置いて待っていた。ルーシーは、コップがぬれていないかどうか、確かめた。厚紙を十字の形に切りぬいて、一つのはしだけをとがらせた。

「忘れていました。針も必要です」ルーシーは、裁縫箱から針を取り出してコルクにつきさし、その針に十字形の紙をさした。そして、その上からコップをかぶせた。

ウールの布を手に取ると、ルーシーは説明した。「この布でコップをこすると、電気が起きます」そういうと、ルーシーは、コップの一か所をゆっくりこすり始めた。「十字のとがったところをよく見ていてください……」

うまくいかなかったらどうしよう。ルーシーは、息を止めて見つめた。いっしゅん、十字がふるえるのが見えたような気がしたが……、何も起こらなかった。ロバートは、何が起こるのかと不思議そうにルーシーを見ていた。

「うまくいくはずなのに……」ルーシーはあせっていた。「この実験の目的は、電気を起こして、布でこすったところに十字のとがった先が向くようにすることなんです。コップ全体をこすって、十字をくるくる回転させることもできますよ。ほんとです。電気が起きるんです。前に成功したことがあります。たぶん、このコップがじゅうぶんかわいていなかったんです。それが問題だったんです。弟と実験したときには、オーブンでかわかしました。もう一回、やってみましょう」

ルーシーがロバートの方を向くと、ロバートは笑っていた。「あのね、ルーシー、実験の前にきみにいう勇気がなかったんだけど、ぼくは電気については少し知ってるんだ。ぼくが知りたいのは、テレビの方さ」

「電気のこと、どうして知っているんですか」ルーシーはがっかりした。

「ロンドンのぼくたちの家には、電気が引かれている。下院の建物にもあるし、電気器具もいろいろ発明されている。たとえば、料理を温めておいたりお湯をわかしたりする器具もある。もちろん、ここでは、どれも使えないけど」

「『やさしい科学』なんて、何の役にも立たない！」ルーシーは、今ここにあの小さな本があったら、地球の外までけとばしてやりたかった。それから、声に出していった。「わたしが電気のことをよく知っていて、将来発明される電気器具のことを説明できれば、わたしはこの時代の人間ではないことの証明になりませんか」

「きみのことは信じてるけど……」ロバートがいった。

「じゃあ、指輪を取りもどすのを手伝ってください」

「そうだね」

ルーシーの気持ちはしずんだ。ロバートは納得していない。本当は、わたしのことを信じていないんだ。子ども部屋のメイドなんかを助けて、あのこわい母親をおこらせたくないのは確かだ。

「もうそろそろ、エリザベスのところへ行って、着がえを手伝った方がいいよ。ウェイド先生がもどってくるまでに、着がえを終わらせておかないと」ロバートが残念そうにいった。

ちょうどそのとき、ドアが開いて、ウェイド先生が、乗馬服を着た背の高い少年を連れて入ってきた。

「こんにちは、ロバート。エリザベスはどこ？」少年は、辺りを見回しながらいった。

「ルーシー、おじょうさまはどこなの？」ウェイド先生の表情は厳しかった。

「えーと、エリザベスは、自分で着がえをするといってた」ロバートがそういったので、ルーシーはほっとした。「こんにちは、フレデリック、きみ、ぼくの幻灯機を見たいだろう」「あとで見せてもらうよ」フレデリックはにこやかにいった。「先にみんなで乗馬に行こうよ。こんなにいいお天気だから」

ウェイド先生は、エリザベスを呼びに行った。まもなく部屋から現れたエリザベスは、こん色の服のままで着がえていなかった。ベッドで横になっていたのか、服はしわだらけだった。

「エリザベス、ぼくたち、乗馬に行くんだ」フレデリックがいった。「少なくとも、ロバートとぼくは行くけど、きみはどう？　いっしょに行こうよ」

「行かない、行きたくないの」エリザベスは不きげんな声でいった。「やらなければならないことがいっぱいあって、時間がないの」

「エリザベス！」ウェイド先生は、ひどくびっくりしたようすだった。エリザベスを無理やり乗馬服に着がえさせるつもりだったようだが、考え直したのか、フレデリックの方を向いていった。「エリザベスは最近あまり元気がないのです。今日一日、ねている方がいいかもしれません」

エリザベスはさっさと自分の部屋にもどってしまい、フレデリックは、がっかりしたようすで、ロバートといっしょに出かけた。ウェイド先生は、二人を馬小屋に案内するために、部屋を出ていった。

ルーシーは、足音を立てないようにそっとエリザベスの部屋に入った。エリザベスは、ベッドに横になり、まくらに顔をふせ、肩をふるわせて泣いていた。「わがままね」ルーシーはそのまま放っておきたい気持ちだったが、さっきエリザベスがつらそうな表情をしていたような気がして、思いとどまった。とつぜん、お父さんが「きみがどんなにつらい目にあっているとしても、世の中にはきみよりもっとつらい目にあっている人がいるんだよ」といっていたことを思い出した。あれはずっと昔のことだったような気がする。ベッドのところまで行き、エリザベスを見下ろして、やさしくいった。「どうかなさったんですか。わたしでお助けできるでしょうか」

エリザベスは、びっくりして起き上がった。「あなたが！　メイドなんかがわたしを助けられるもんですか！」

「あまりお役に立てないと思いますが」ルーシーは、できるだけ明るい声で返事をした。「父がよくいっていました。だれかに話せば、少しは気持ちが楽になるって」

ていた。

「あなたのお父さん、死んでしまったの?」エリザベスがいった。声に少し同情の気持ちが入っていた。

「まあ、そんなようなものです」ルーシーは、家のことは考えないようにした。「あんまり遠くはなれてしまって、もう会えないかもしれません」

「ああ、ルーシー」エリザベスが泣き声でいった。「わたし、とてもつらいの。どうしていいかわからないし、だれにも相談できない」

「わたしに話してくださいませんか」ルーシーはいった。

「すわって、ここに。話してみるわ」エリザベスは、レースでふち取りされたハンカチを指にからませながら、続けた。「お母さまが、わたしをフレデリックと結婚させたがっているの。フレデリックはゴードン伯爵の息子で、結婚すれば、わたしは伯爵夫人になれるから。お母さまは子爵夫人だから、わたしはそれ以上になるべきだって思いこんでるのよ」

結婚なんて、変な話。エリザベスの話を聞きまちがえたのかしら。

「結婚ですか、おじょうさまのお年で……」

「十二さいよ、あと何日かで」

「それなのに、あなたのお母さまはあなたの結婚を考えていらっしゃるんですか。少し早すぎませんか」

「今すぐじゃなくて、三、四年後よ。フレデリックは、お母さまによれば、この辺りでは最もふさわしい結婚相手なの……それでお母さまはフレデリックに決めていらっしゃるの。今すぐじゃないことはわかっているけど。十六さいになると、わたしは社交界にデビューするの。最初はダブリンで、次はロンドンでぶとう会があるわ。お母さまがおっしゃるには、最初の社交界シーズンに婚約が決まらないのは、とてもはずかしいことなんですって。フレデリックもぶとう会に出るはずだけど、お母さまは、フレデリックがわたし以外の人に目移りしないようにしておきたいのよ」

「社交界デビューのときに婚約できなかったら、おじょうさまはどうなるんですか……、それに、フレデリックさまがほかの方と結婚したくなったら、どうなるんですか」

人の一生が十六さいで決まってしまうなんて！

「最初の社交界シーズンでうまくいかなかったら、インドへ送られてしまうわ」

「インドですって？」

「インドには、軍人がたくさん行ってるわ。ふつう、次男か三男よ。そして、周りには女の子はほとんどいない。だから、インドに送りこまれた女の子は、みんな、婚約してもどってくるわ」

「インドに行かなかったら？」

「結婚しないまま、だれかのおばさまというだけで、この辺りで一生を終えるの。去年訪ねたクール・ホールの館には、結婚できなかった三姉妹が住んでいたわ。人の情けにすがって、三人だけでひっそり暮らしていたわ。身分も家柄もないただの人。わたしはあんなふうにはなりたくない」

ルーシーは、思わず笑いたくなった。「将来プロポーズしてくれそうな男の子を追いはらっておいて、よくいうわね」そう思ったが、口には出さないで、代わりに聞いた。「おじょうさまは、フレデリックさまがお好きですか」

「ええ、まあ。友だちとしては悪くないわ。いつも自分の犬と馬のことばかり話してるけど……」

「でも、おじょうさまだって馬のスパークルが大好きでしょ？」

「まあ、そうね。フレデリックは確かに感じがいいし、わたしたち、会うと、話すことがいっぱいあるの。それに、フレデリックはロバートとも仲良しだし。住んでいるグレンレア城はこの近くなので、ロバートにもいつでも会えるわ。わたしはロバートが大好きなの。あなたはそうは思っていないかもしれないけど、ほんとよ」

「あら、そんなにロバートを好きだったかしら？」ルーシーは思った。

「わたし、何もかもめちゃくちゃにしてしまったわ」エリザベスは、また、わっと泣きだした。

「お母さまは、わたしに期待しすぎているの。今日のわたしたちのこと、フレデリックが何ていったか、わたしが何ていったか、いろいろ聞かれるわ。そして、わたしの答えたことがお母さまの気に入らなければ、お母さまは、きっとおこって、わたしに冷たく当たるわ。ルーシー、わたし、フレデリックのことで無理強いされるのはとてもいやなの。なぜ、みんな、わたしたちを放っておいてくれないのかしら」

「お父さまはどう思っていらっしゃるんですか」

「お父さま？　お父さまはフレデリックがお気に入りだし、この結婚を望んでいらっしゃると思うわ。でも、お母さまがこのことについて何かお話しになると、お父さまはいつもおっしゃるの。エリザベスが自分で決めることだよって。ああ、わたし、ほんとに困っているの、ルーシー、どうしたらいいか、わからない」

「わたしの方こそ、ほんとに困ってるのに」そう思いながらも、ルーシーは、さっと立ち上がっていった。「さあ、今すぐ、支度しましょう」

エリザベスは、びっくりして、ルーシーを見上げた。ルーシーの声には、いげんがあった。「なみだをおふきください。冷たい水で目を冷やしてさしあげます。そうすれば、おじょうさまが泣いていたことは、だれにもわからないでしょう。乗馬服はどこにありますか」

「わたし、今は行けないわ……フレデリックは変に思うでしょうし……それに、あの人たち、もう行ってしまったでしょう……」

「いいえ、まだですよ。先に、子犬たちを見にいらっしゃるようでしたから」ルーシーは、ロバートの部屋の窓のところへ走っていった。そこから馬小屋のある裏庭が見えるのだ。窓を開けると、身をのり出してさけんだ。「ロバートさまあー、ロバートぼっちゃまあー」すると、馬小屋の一つからロバートが出てきた。「待っててくださあーい。エリザベスおじょうさまが、すぐに下りていかれますから」

「よかった！」ロバートに続いて現れたフレデリックがいった。

「急いでください」ルーシーは、エリザベスがこい緑色の乗馬服を着るのを手伝いながらいった。エリザベスのブロンドの髪の毛を後ろで束ね、乗馬用の帽子と手ぶくろを探してあげて、エリザベスを送り出した。

「本当のことはいわなくていいですよ。乗馬服が見つからなかったとか、鼻血が出たとかいえばいいんです。フレデリックさまは、細かいことまで聞いたりなさらないでしょう」

窓から見ていると、エリザベスはロバートとフレデリックに合流し、三人は、笑ったりおしゃべりしたりしながら、馬小屋からそれぞれのポニーを連れ出し、裏庭をぬけて出発した。

「エリザベスの問題はこれで解決。わたしの問題も、だれか、解決するのを手伝ってくれないかなあ」ルーシーは、窓を閉めながら、ため息をついた。

ルーシーが居間に行くと、ウェイド先生がもどっていた。「ルーシー、ロバートぼっちゃまに窓から大声で呼びかけていたのが、あなたでなければいいんですけどね」先生がいった。気がとがめてルーシーが顔を赤らめると、先生は、ほほえみながら続けた。「でも、あなたは、エリザベスを二人のところに行かせましたね。よくやりました。さあ、そろそろ昼食の時間です。今日は、わたくし一人なので、下でいただくことにします」

その日の夕食の準備は、前日と同じくらい、大いそがしだった。材料を持ってきたり運んだり、切ったりきざんだり、ルーシーは、午後ずっと休みなく働き続け、とうとう、もうこれ以上たえられないと思ったほどだ。狩りに出かけた一行は三時ごろもどってきて、そのあと、お茶の時間でとてもいそがしく、それが終わると、客間にお湯を運ぶ仕事があった。ルーシーは、エリザベスがフレデリックと楽しく過ごせたかどうか知りたくてしかたがなかったが、夕食を持っていったときウェイド先生がいたので、エリザベスに話しかけることはできなかった。しかし、エリザベスが、「ありがとう」というかのように、にっこり笑いかけてきた。うまくいったようだ、とルーシーは思った。

ルーシーは、ネリーといっしょにリフトに料理をのせる仕事をしながら、心の中では、いそがしく作戦を練っていた。ターコネル夫人の部屋に行って指輪を手に入れるしかない。ほかに方法はないのだ。ロバートは、まだ、わたしの手助けをする決心はついていない。しかし、ルーシーは、ロバートをせめる気にはなれなかった。今は、自分一人でやるしかない。

ターコネル夫人の部屋にだれもいないときが、きっとあるはずだ。次の日から、ルーシーは、周りをよく見て、聞き耳を立てていた。その結果、最良の時間は夕方から夜にかけてだ、ということがわかった。ターコネル夫人がお客さまとの夕食に下りていけば、侍女のスペンサーさんは〈あのお部屋〉に食事に行くだろう。ダイニングルームでの夕食は二時間か、それ以上続く。そのあいだ、ウィンターズさん以外の上級使用人たちは、〈あのお部屋〉でくつろいで、いつもより長く夕食に時間をかける、とベラ・ジェーンがいっていた。お客さまたちがお休みになる時間までは、呼ばれる心配がないと知っているからだ。それにしても、指輪は、いったい、どこにあるのだろう。ターコネル夫人の部屋にいる時間はできるだけ短くしなければならないから、指輪のある場所を知っておくことが重要だった。

そして、二、三日たったある晩、ターコネル夫人の部屋にお湯のかんを持っていったとき、スペンサーさんがドアを開けたので、ルーシーは、部屋の中がよく見える場所に立った。不きげんな顔をしたスペンサーさんは、お湯を受け取ると、すぐにルーシーを追い返そうとした。しかし、ルーシーは、すばやく観察した。大きな四柱式ベッドの左側に暖炉があり、かべの前に小さなテーブルといすがある。ちがう、ここじゃない。指輪は、きっと、化粧台かターコネル夫人の宝石箱の中だ。

その晩、お客さまにディナーを知らせるどらが鳴ったとき、ルーシーとネリーは、料理のお皿をリフトにのせる仕事をしていた。ルーシーは、思いつめた口調でいった。「ネリー、ちょっとのあいだ、一人でやっててくれない？」

ネリーは、あやしむようにルーシーを見て、小声でいった。「あなた、何かいけないことをしようとしてるんじゃないでしょうね」

「もちろん、ちがうわよ。ただ、ほんの二、三分、時間がほしいの。もし何か聞かれたら、ルーシーは気分が悪くなって水を飲みに行った、といっておいてね」

ルーシーは、裏階段をそっと上がり、ろう下を通ってターコネル夫人の部屋まで来た。二階に並んでいる部屋のうち、中央にある部屋だ。そのとき、だれかが階段を上がってくる音が聞こえたので、ルーシーは、鉢植えの大きなシュロのかげにかくれた。現れたのはスペンサーさんだった。トレイを運んでいる。ターコネル夫人の衣装のいろいろな仕事があるので、夕食は夫人の部屋で食べることにしたようだ。

運の悪さをのろいながら、ルーシーは、急いでその場を立ち去り、ネリーのところにもどった。ネリーが元気よくいった。「全部終わったわ。あなたの仕事もやってあげたから、今度は、わたしのために何かしてくれる？」

「そのうち、びっくりさせてあげるわよ、ネリー」ルーシーは、ターコネル夫人の部屋に入ることに失敗したにもかかわらず、不思議なことに、気分は上々だった。決行するまで、あとは時間の問題だ。落ち着いて行動しよう。次のチャンスをつかまなければ。

♪失敗なんか気にしない、何度も何度もやってみよう♪

ルーシーはそう歌いながら、ネリーといっしょに、大皿やキャセロールに入った料理を持って、いそがしく走り回った。

その夜、二人がベッドに入ったとき、いつもは陽気なネリーが、すっかりふさぎこんでいるように見えた。つかれ果てたルーシーがねむりに落ちそうになったとき、すすり泣く声が聞こえた。ルーシーは、起き上がって、「どうしたの？」と聞いた。

「ルーシー、わたし、がんばってるのよ。あなたもわかってると思うけど。でも、ときどき、どうしようもなくなる。今夜、夕食のとき、みんながクリスマスのことを話してた。お休みをもらったら、何をしようかとか。それで、わたしも家のことを思い出したの。家族でクリスマスのお祝いをした。大したことはしなかったけど——そんなお金はなかったから。でも、ときには、少しだけどマトンを食べたこともあったし、母さんがレーズン入りのケーキを焼いてくれたこともあった。みんなで歩いてミサに行ったわ。あのころは、家族みんな、いっしょだった」

「ああ、ネリー、ごめんなさいね」ルーシーは、とても後悔した。自分自身の問題に夢中で、ネリーのことをすっかり忘れていた。そういえば、今の二人はとてもよく似ていて、二人とも、家族から引きはなされている。ルーシー自身は、自分の家族のところにもどるチャンスがあると思ってはいるが……。とつぜん、ひらめいた。「そうだ、ネリー、アニーおばさんは、あなたのお父さんとお母さんがどこに行こうとしていたか、きっと知ってたわよね？」

「そう、知ってた。ニューヨークにいるジョンおじさんのところへ行こうとしてた」ネリーは、さびしそうにいった。

「もし住所がわかれば、連絡を取ることができるわ。手紙を書くってことよ。ご両親からの手紙があればいいんだけど」

「手紙は来なかったの、ルーシー。おばさんが死ぬ前にくれた古びた紙切れが一枚あるだけ。

おばさんはわたしに何かいおうとしたんだと思うけど、その前から少しおかしくなってたから、何をいってるのかわからなかった。わたしがその紙切れを受け取ったとき、おばさんは満足したようだったわ。それからずっと持ってるけど、何が書いてあるか、よくわからない。くねくねした変な字で……」

「まあ、ネリー」ルーシーは、ベッドから飛び出して、ネリーをだきしめた。「あなた、字が読めないのね。そうだったの」

「はずかしいけど、そうなの。でもね、大文字で自分の名前は書ける」

「すごいわ！」ルーシーは、興奮をおさえられなかった。「その紙切れを見せてもらえる？」

「いいわよ」ベッドから出ると、ネリーは、古ぼけた整理だんすの一番上の引き出しの中をかき回して、折りたたんだ紙を取り出した。あんまり小さくたたんでなくてよかったと思いながら、ルーシーは、折り目をのばして、声に出して読んだ。「ジョン・マギー様」

「それ、わたしのおじさんよ」ネリーは、ルーシーの腕にしがみつくと、声をつまらせていった。

ルーシーは、にっこりして続けた。

アメリカ

ニューヨーク市

ローズ・ストリート十八番地

チャールズ・リンダーマン様方

「ジョンおじさんは、父さんが仕事を見つけるのを手伝ってくれることになってた……これで、おじさんがどこに住んでいるかわかったわ。わたしの家族がどこにいるか、おじさんが知ってるかもしれない。こんなに長いあいだこの紙切れを持ってたのに、何が書いてあるかわからなかったなんて」ネリーは、悲しそうにいった。しかし、きっぱりとした口調でつけ加えた。「なんとかして読み書きできるようにならなくては……ルーシー、あなたはどうしてそんなにちゃんと読めるの？」

ルーシーは、ちょっとためらってからいった。「話せば長くなるんだけど、ネリー、今はやめておくわ。それより、あなたの家族を見つけられるかどうか、アメリカに手紙を出してみるのが先よ」

「お金はどのくらいかかるの？」ネリーが聞いた。

「わからないわ……でも、いい考えがあるの。全部、わたしにまかせて」

ロバートにたのんでみよう、ルーシーは、すでにそう決めていた。きっと手伝ってくれる。でも、ネリーにはいわなかった。もしうまくいかなかったら、ひどくがっかりするだろう。何もいわないでおいて、うまくいってから、おどろかせてあげよう。それがいちばんいい。

「何も約束はできないけどね、ネリー」ルーシーはいった。「いい結果になるようにって、おいのりしてて。さあ、いつもはわたしが早くねなさいっていわれるけど、今夜はわたしがあなたにいうわ、早くねなさい」

その次の日、運よく、ロバートと話をすることができた。エリザベスとフレデリックがウェイド先生といっしょに散歩に行き、ロバートは行かないことにしたからだ。

「ルーシー」ロバートがいった。「きみがいったこと、つまり、きみが別の時代から来たってことをよく考えてみたんだ。電気の実験では、うまく証明できなかったけどね。これから先すぐ起こること……それをきみが知っているのなら、話してくれないかな。ぼくのいう意味、わかるだろ？」

初めからそうすればよかった、とルーシーは思った。「ええ、もちろん、いいですよ。そのことを考えつかなかったなんて、ほんとにばかでした。どういうことを知りたいのですか」自分が知ってることでありますようにと、ルーシーは心から願った。

「つい先日終わったばかりの選挙についてだよ。結果はどうなったの？」

「一八八五年の選挙のことですか」

「そう。その話でもちきりなんだ。うんざりするほど、それぱっかり話している。自由党と保守党とパーネルについてさ。それから、アイルランド自治とグラッドストーン首相のことも知りたい」

「よかった、パーネルなら知ってる」ルーシーは思った。「ロバートさま」ルーシーは、もったいぶって始めた。「パーネルは八十六議席かく得しました……その数は自由党と保守党の議席数の差と同じで、その結果、アイルランド自治党は、自由党と保守党の勢力のつりあいに大きなえいきょう力を持つことになったのです」

「ほんとなの、ルーシー？　お父さまやほかの人たちは、ぜったい保守党が勝つっていってたけど……みんな、いかりくるうだろうな。それで、そのあと、何が起こるの？」

「わたしの記憶は、とてもあやふやなんですけど。保守党はアイルランド自治を支持しなかったし、次の選挙でグラッドストーンはアイルランド自治を議会に提出しようとしたけど失敗した、確か、そうだと思います。もっと知ってたはずなんですけど、忘れました」

「ルーシー」ロバートが、厳しい声でいった。「それ、全部、きみの作り話じゃないの？」

ルーシーは笑った。「もうすぐ、わかりますよ。結果は、今日か明日にでも、発表されるでしょう。パーネルは八十六議席とだけ覚えておいてください――それが事実なんです。わたしには作り話なんかできません。幸いなことに、ぼっちゃまには、まもなく事実がおわかりになります」

「ぼくたちにできることは、待つことだけだね」ロバートは落ち着いていた。「もし、きみの話がほんとだったら、指輪を取りもどすのを手伝うよ」

ルーシーは、元気がわいてきた。きっと、もうすぐ、わたしの問題はすべて解決するわ。

「もう一つ、ぼっちゃまがびっくりなさることがあります」ルーシーは、上きげんでいった。

「げんかんホールを通らないで応接間に行く方法があるのです」

「ルーシー、そんなこと、できっこないよ」ロバートがさけんだ。「まさか、窓から入るんじゃないよね」

「それで窓から地面に下りるわけですか。ちがいます。もっと簡単な方法があるんです。マッチを持って、いっしょに来てください」

ロバートは、ルーシーについて道具部屋に入った。ルーシーがろうそくに火をつけて「アブラカダブラ」と唱えながら取っ手をおすと、かべ板がカチッと小さな音を立てて開いた。

「ひみつの階段だ」ロバートは息をのんだ。「ずっとここにあったのに、だれも知らなかったんだ」

ルーシーはうなずいた。「ぐうぜん、見つけたんです。さあ、気をつけて下りていってください。いちばん下まで下りると、目の前に、また、かべ板があります。それをおすと、内側に開きます。もっとおすと、すき間が広がって、応接間に入ることができます」

「ルーシー、どうしてわかったの？」

「やってみたんです……さあ、下りていって、ぼっちゃまもやってみてください。でも、応接間にだれかいたら、中に入らないでください」

二、三分で、ロバートはもどってきた。興奮して、顔が赤くなっている。「ほんとにびっくりした！　エリザベスにもぜったいいおう。ぼくたち、ここで、いろいろ遊べるよ」

二人が学習室にもどると、ルーシーがいった。「ぼっちゃま、今度は、わたしのお願いを聞いてくださいますか。いいえ、指輪のことではありません。それはあとでいいんです」

テーブルをはさんでロバートと向き合ってすわると、ルーシーは、ネリーの話をした。立ち退きのこと、家族がアメリカに行ったこと、ネリーだけは病気で行けなかったこと、そして、おばさんが死んだこと。

「ほんとに、悲しい話だね。どうしたら助けてあげられるの？」ロバートがいった。

「ネリーの家族が行った先の住所がわかっているんです。わたしたちが家族に手紙を書いてあげれば、たぶん、ネリーに連絡してくると思うんですけど」

「きっと、そうだね」

ルーシーは、紙を一枚取って、ネリーの家族に短い手紙を書いた。

ネリーは、ドニゴールにあるラングレーの館にいます。ロバート・ターコネル

ぼっちゃまあてで、連絡をください。

「ぼっちゃまあてに手紙を書いてもらうのが、いちばんいいと思いますので、受け取っていただけますか」

「もちろん、いいよ。マッギンレーが、郵便物を取ってくる係だから、必ずぼくが受け取るようにしてくれるよ」

「ただ、問題は、どうやって手紙を出すかです。わたしは、お金を持っていません。ぼっちゃまはお持ちですか」

「あんまりたくさんはないけど」ロバートは、ポケットの中身を出した――ビー玉、クリの実、古いコインが一つ。「心配しないでいいよ。ベルを鳴らしてマッギンレーを呼ぶから」

マッギンレーが部屋に入ってくると、ロバートはいった。「マッギンレー、アメリカに出す手紙があるんだ。次の便で、必ず出してほしい」

「かしこまりました、ロバートぼっちゃま」マッギンレーはいった。

「それに、手紙はだれにもさわらせないで。自分で郵便局に持っていって、まちがいなく出してほしい」

「はい、そういたします」マッギンレーは、おじぎをすると、手紙を持って出ていった。出ていくとき、ルーシーに、ちらっとウィンクしてみせた。

「マッギンレーなら安心だ」ロバートがいった。「マッギンレーは、フローリーとマギーがアイルランド語を上手に話すといつもいってるけど、自分もアイルランド語を勉強してると思うよ」

「どうしてそう思われるんですか」ルーシーは聞いた。

「そういううわさだよ」ロバートは、それ以上は教えてくれなかった。

「マッギンレーは、ぼくに、ちょっとした格言を教えてくれたよ。

ティル　ガン　テアンガ
Tir　gan　teanga

ティル　ガン　アイン

Tir　gan　ainm.

どういう意味かわかる？」

「ええ、わかります」ルーシーはいった。

母国語のない国は
名前のない国だ

「大変、もう行かなくては。オシェアさんは、わたしがもどらないので、かんかんになってるでしょう」

ルーシーは、台所に下りていくと、言い訳をした。「すみません、オシェアさん、ロバートぼっちゃまのお世話をしなければならなかったんです」

「あんた、なまけてただけだろ、そうに決まってる。ぼっちゃまはもう大きいから、子守なんかいらないんだよ。さあ、洗濯部屋の手伝いをしておくれ。することが山ほどあるからね。あの臨時やといの子は、来もしない、どうしようもない子だ」

昼食を済ませてから、ルーシーは洗濯部屋に行った。部屋は、あらぬりのしっくいかべで、天井は低かった。火が燃えているので、とても暖かい。火の上にわたした鉄の板の上に銅の大きな容器が二つのっていて、そのおくには、お湯をわかす大きなかまがあった。

何をすればいいのかしらと思っていると、別の部屋から女の子が出てきて、メアリー・ケイトと名乗った。ルーシーは、日曜日の朝のミサに行ったとき見かけたのを思い出した。

「ベッキーとわたしで、よごれた物を今朝早くから洗濯液につけておいたから、すぐに洗えるわ」底の方がせまくなっているたらいが、いくつか置いてある。メアリー・ケイトは、身をかがめて一つのたらいのせんをぬき、よごれた水を流した。そして、また、たらいをきれいな水でいっぱいにしてから、ルーシーに黄色い洗濯石けんをわたしながらいった。「洗濯物と洗濯物を、たがいにすり合わせるように洗うといいわよ。手間が省けるわ」

ルーシーが家にある電気洗濯機のことをなつかしく思い出しながらごしごし洗っていると、

となりの部屋からベッキーが現れた。その部屋はアイロンをかけたりかわかしたりする部屋だと、メアリー・ケイトが教えてくれた。「洗濯物は二度洗うのよ。それから、しゃふつして、すすいで、マングルに通して……」ベッキーがいった。

ルーシーは、その見なれない形のものは何だろうと思っていたところだった。太いのし棒のようなものが二本あって、黒い鉄のハンドルがついている。やっと、洗濯物のしぼり機だとわかった。

午後は、時間がたつのがおそかった。ネリーが子ども部屋にトレイを運ぶようにと呼びに来たとき、ルーシーは、ほっとして笑顔になった。
「洗濯部屋は、台所よりもっと大変だわ」台所にもどるとちゅうで、ルーシーはネリーにいった。
「今日は、台所も大変だったのよ。わたしは、一日中ずっとライチョウの羽をむしっていたし、これからだって、いつまでたっても終わらないんじゃないかと思うくらい仕事がたくさんあるわよ」

ルーシーは、ネリーには何もいわないと決心していたけれど、手紙を出したことを話したくてしかたがなかった。自分が二、三日のうちに指輪を手に入れて家にもどってしまったら、ネリーは手紙のことは何も知らないままになってしまうと、心のどこかで考えていた。少なくとも今なら、マッギンレーにも手紙のことを話していろいろたのんでおくことができる。

お茶のあとも洗濯部屋の仕事にもどって、ルーシーはせっせと働いた。そのうちに、お湯を運んでとか、ネリーを手伝ってとか、オシェアさんに大声で呼ばれるだろうと思っていた。しかし、不思議なことに呼ばれなかった。ネリーも呼びに来なかった。ひと休みできるように気をつかってくれているのかもしれない。それで、洗濯部屋の仕事が終わっても、台所にもどらなかった。外に出てぶらぶら歩いていくと、少し広い場所に出た。しもが降りそうな寒い静かな夜で、空には数えきれないほどの星が出ていた。ルーシーは、今まで、こんなにたくさんの星を見たことがなかった。「たぶん、いろんな公害がないせいね」ルーシーは思った。木に少しだけ残っている葉は、さらさらと音を立てている。はだかの枝は、夜空にくっきりとその姿を映していた。カシの木の木立の上に、青白い三日月が上り始めた。

狩りのえものの貯蔵室には、たくさんの鳥がつるされていた――朝になったら、ネリーはもっと羽をむしらなければならないだろう。

しばらくたって、ルーシーは、お客さまにディナーを知らせるどらの大きな音を聞いた。たぶん、今夜なら、ターコネル夫人から指輪を取りもどす計画はうまくいくだろう。そうすれば、ロバートがわたしの話を信じるまで待たなくてもいい。指輪がなくなってわたしが消えてしまったのがわかったらロバートはどんなにおどろくだろう……それに、パーネルがかく得した八十六議席！　ルーシーは、うれしくなった。だけど、たとえ指輪が手に入っても、ロバートとエリザベスにさよならをいうまでは、ここに残っていよう、ぜったいに。あの朝以来、エリザベスもとてもやさしくなったもの……。

どきどきしながら、ルーシーは、そうっと裏階段を上がってろう下を進み、ターコネル夫人の寝室のドアの前まで来た。取っ手を回して部屋の中にすべりこむ。テーブルの上に背の高いランプが置いてあり、その光で、四柱式ベッドのかげが、かべに映ってゆらいでいた。となりの部屋に通じるドアが開いている。夫人の衣装部屋にちがいない。中をのぞくと、かべ際に、引き出しがたくさんついた黒っぽいどっしりした化粧台が見えた。そばに小さな丸テーブルがあって、その上のきれいなかざりのついたランプの光が、香水のびんに囲まれた黒い革の箱を照らしている。きっと夫人の宝石箱だ。

近づいて箱を開けようとしたとき、部屋の外から話し声が聞こえた。ルーシーは、その場に立ちすくみ、耳をそばだてた。

モリスさんとスペンサーさんの声だ。どうやら階段のところで会ったらしい。

「食事に行かないんですか？」モリスさんが心配そうに聞いている。ルーシーは息をのんだ。

「行きません。おくさまは、ディナーのためのおめしかえには、特別に気難しい方です。おくさまが試されたたくさんのドレスを片づけなければなりません。それに、お直しの必要なドレスもありますし……。ディナーが終わっておくさまがもどられるまで、わたしはここでお待ちします。そのあと、何かいただきます」

「もしよければ、何か運ばせますが」モリスさんがためらいがちにいった。

「とんでもない、だれかにそんな迷惑をかけるなんてこと、夢にも思っていません」スペンサーさんはあわてて答えた。なんだかモリスさんをやっかいばらいしたいみたい、とルーシーは思った。

「そうですか、あまりおそくまで待たないで済むといいですね」

「仕事の合間にひとねむりしますわ」スペンサーさんは、あくびをしながらいった。「お客さまがいらっしゃるときは、いつもこんなものです」

衣装部屋から寝室にもどっていたルーシーは、周りを見回して、かくれる場所を必死に探した。寝室のドアの後ろに、絵のかいてある高いついたてがあるのに気がついた。ルーシーはそのかげに飛びこんだ。

「あら、変だわ！」部屋に入ろうとして、スペンサーさんがいった。「下に行くとき、ドアを閉めたと思ったけど」

「おやまあ、そうじゃなかったようですね」モリスさんは、おだやかにいった。「そういえば、スペンサーさん、このところ、仕事に気持ちが入っていないように見えますね」

「おくさまは、何もおっしゃっていません！」スペンサーさんはきつい調子でいうと、そっけなくお休みなさいといって、ドアを閉めた。

服のすれる音が聞こえる。スペンサーさんがついたてのすぐそばまで来たらしい。ルーシーは、銅像のようにじっと立っていた。今夜は、指輪を探すチャンスはもうない。それより、今心配なのは、見つかったらどうしようということだ。ここからぬけ出すためには、スペンサーさんが背中を向けるまで、このまま待っていなければ。しかし、いつまでか、わからない。ルーシーは、周りを見回すことさえしなかった。

とうとう、ルーシーが思いきってにげ出そうと決めたちょうどそのとき、トントンとドアをそっとたたく音がした。そして、また、トントン。だれかが部屋に入ってきたようだ。

「パトリック！　あなた、ここに何しに来たの？」スペンサーさんの声は、おどろいているようでもあり、おこっているようでもある。

「今がチャンスだよ」パトリックの声は、低く、さしせまっている。「あれを手に入れて、急いでにげよう」

「おくさまの部屋からぬすむのはだめ。おくさまは、あの宝石箱におしまいになったのを覚えていらっしゃる」

「今なら、だれだって持ち出せるじゃないか」パトリックが、情けない声でいった。

「この部屋に自由に出入りできるのは、わたしだけ。真っ先に疑われるのは、わたしよ」

「そんなはずはない。正直者スペンサーといわれてるじゃないか！　おくさまは、あのルーシーって女の子が指輪をねらってることを知ってる。おくさまは、あの子を疑うさ」

「パトリック、わたしにはできない。今はだめ。いちばんいい時を選ぶから、わたしに任せてちょうだい」

「もう待ってられないよ。あれこれ命令されるのはいやなんだ。あんたがいつもいってるようにおれを愛しているんなら、今すぐぬすめるはずだ」

「なんて人たち！」ルーシーは、見つかる不安にいかりも加わって、体がこわばった。

「パトリック」スペンサーさんの声は冷たかった。「すぐに下へ行きなさい。そうしないとウインターズさんがあなたのいないのに気がつくわ。この前あなたがにげたあと、あなたを連れもどすようにウインターズさんにかけ合うのは、ほんとに大変だったのよ」

「行くよ……でも、これだけはいっとくけど、もう待つつもりはない……」

「明日、ライオンの噴水のある庭で会って、いろいろ計画しましょう。十二時に。さあ行って！」

パトリックがドアを開けた。そして、部屋を出ていくパトリックの足音が聞こえた。運がいいことに、ドアが少し開いたままになっている。ルーシーは、ついたての外を用心深く見回した。スペンサーさんは、ドアが閉まっていないことには気がつかず、たんすからドレスを取り出している。ルーシーはついたての後ろからそっと出て、ドアをすりぬけた。

使用人食堂まで階段をかけ下りた。どうすればいいんだろう。ロバートに話をして、明日いっしょに庭に行ってもらって、あの二人が何を計画するのか聞かなければならない。でも、それはあの二人が指輪をぬすむ前でなければ……そうでないと、わたしがぬすんだことになる。どろぼうといわれて追い出され、家には二度ともどれない。

11　悪だくみ

次の日の朝、ルーシーは朝食のトレイを上へ運んでいって、思いがけないことを知らされた。

「ごめんなさい。トレイは、下へもどしてください」ウェイド先生がいった。「台所に伝えるのを忘れていました。エリザベスとロバートは、フレデリックのところに出かけています。ちょっと遠いので、フィールディングの馬車でさっき出発しました」

ロバートがいないなんて！　あの人たちの計画をいっしょに聞いてほしかったのに。わたし一人でやらなければならない。こうなると、どうやって仕事をぬけ出すかが問題だ。

意外にも、その問題は簡単に解決した。ルーシーは午前中台所に呼ばれた。台所に行くとすぐ、マクダイアさんが野菜を持ってきた。オシェアさんが野菜を調べる。「タマネギ、セロリ、

ブロッコリー、ポロネギ、ラムレタス……おや、サボイキャベツは？」

「たのまれていません！」といいながら、マクダイアさんは節くれだった指をふった。

「この二、三日、いそがしすぎて何が何だかわからないんだよ。そのうち、自分の名前も忘れそうだ。ベーコンとにこむのに、キャベツがなくちゃ。持ってきてもらえるよね？　いや、あんたじゃなくていい。だれかあそこへ行ってくれる人はいないかねえ」

「だれもいません。男はみんな、狩りに行ってます。パトリックはどこかな？」

「見かけないねえ。きっと、丸太みたいにどっかでねころんでるんだろうよ。役立たずだねえ……そうだ、どう、ルーシー？　マクダイアさんといっしょに行って、キャベツを持ってきておくれ。できのいいのを三つ、いいね。早く、マントを着ておいで」

台所を出るとき、ルーシーは時計を見た。十時十五分すぎだ。キャベツは、今すぐ必要というわけではない。マクダイアさんと菜園に行ってから、帰るとちゅうでライオンの噴水のある庭にこっそり入る時間はじゅうぶんある。

裏庭を通りぬけるとき、犬が何びきかついてきた。マクダイアさんが犬の名前と種類を教えてくれた。

「こいつはルーパス、ウルフハウンドだ。トロッターはテリア、フリッパーはポインター、ブルータスとジンジャーはどこに行ったかな。昔はみんな家の中にも入れたんだが、おくさまがどうもそれはおきらいで……サテンのいすに犬の毛がついたり……。昔のようにはいかないなあ」

菜園に行くとちゅう、ルーシーは、二輪の手押し車をおしているマクダイアさんに聞いた。

「毎朝、台所へ来るんですか」

「毎朝だ。たのまれたものをこの手押し車に積んで、半マイル歩いていく。毎朝だ。午後は、果物を持っていく。いつもは、だれか、手伝いの若いのもいるんだが。わたしは、この仕事を全部するにはちょっと年を取ってきたもんでね。でも、今日は、みんな、出かけてる」

「どうして野菜と果物をいっしょに持っていかないんですか」

「おやおや、ルーシー、どうやら畑の仕事のことをあんまり知らないな。野菜は、パリパリとしてしんせんなものを届けるために、朝採る。果物は、お日さまが当たったあと、午後に採る」

へいに囲まれた菜園に着くと、マクダイアさんが門をおして開け、二人は中に入った。犬たちは、菜園の外に残された。マクダイアさんは、ルーシーをキャベツの畑に案内した。

「どうしてこんなに高いへいが必要なんですか」ルーシーは聞いた。「人を入らせないようにするため？」

「そうじゃないよ、ルーシー。へいは、果物の木や野菜を守ってるのさ。これは南側のへいで、とても長い。朝早くから日が当たって、この赤いれんがが温まって、まるで温室のようになるんだ」

「モモもここで育てているんですか」ルーシーは、また、聞いた。

「ちがうよ。モモやネクタリンやブドウは、ガラス張りの温室だ。リンゴとナシは、へいにそって植える。そうすると、南側のへいから早めの収かくができて、あとで収かくするのは、北側のへいの方だ。こうやって、わたしたちは、長いあいだ果物を採り続けることができるんだ。野菜についても同じことがいえる」

「工夫してるんですね！」ルーシーはいった。

「常識だよ。どんなものでも、一度に全部収かくしたいとは思わないだろ？　今日はテーブルに食べきれないほどあって、明日は何もないというのはね。ほら、お望みのキャベツだよ。かごを持ってきてあげよう」

再び姿を現したとき、マクダイアさんは、ルーシーにナシを一つくれた。「さあ、めったに食べられない貴重なものをあげるよ。コミスのナシだ」

かごを運ぶルーシーの後ろに、また、犬がついてくる。ルーシーは、ナシにかぶりついた。びっくりするくらい、あまかった。「この時代は何でも自給自足だったのね。もちろん、そうしなければならなかったんだけど。オシェアさんがプラムやモモやアーティチョークや何かをほしいって大声でたのんでも、自給自足でなかったら、何も手に入らないことになる……」

館に向かって歩いているとき、馬小屋の時計が半時を打つのが聞こえた。十一時半だ。時間はたっぷりある。ルーシーは、犬を追いはらってライオンの噴水のある庭に入りこみ、キャベツのかごを植えこみの中にかくした。そして、ライオンの噴水がはめこまれたへいのそばまで、用心深く進んだ。運のいいことに、ここも、へいのおかげで、植えこみはまだ葉がいっぱいしげっていて、背の高いシオンはい

いかくれ場所になる。

日は照っているけれど、空気は冷たい。パトリックが緑色の戸を開けて現れた。よかった。すぐに、スペンサーさんもやって来た。あわてている。ルーシーは、二人があんなところで話をするつもりかと思って、いっしゅんパニックになった。しかし、スペンサーさんは、ベンチにすわればある程度、姿をかくせると思ったらしく、先に立ってベンチの方へ近づいてきた。

「時間がないの」スペンサーさんがいった。「おくさまは狩りの方たちとの昼食にお出かけだけど、モリスさんが何かわたしに用があるらしいわ」

「館のパーティーは、明日終わる」いらいらした声でパトリックがいった。

「たぶん、おくさまは、ゴードン家に行って数日過ごすつもりだろう。指輪は持っていくだろうな。おれたち、指輪のことではぐずぐずしすぎたんだ。もっとずっと前に、おれは遠くへにげていなくちゃならなかったのに」

「聞いて、パトリック。わたしだって、指輪をぬすむって決めたのよ。あのルーシーっていう子がお部屋の辺りをこそこそうろついてるのを見ましたって、夕べ、おくさまにいったわ。だから、指輪がなくなったら、まず疑われるのはあの子よ」

「いつやるつもりだ？」

「それは、わたしに任せておいて。でも、必ずやるわ。そして、明日の夜、あなたにわたす」

「決心するのに、ずいぶん時間がかかったな」パトリックがぶつぶついった。

「だって、わたし、おくさまにとても信用されてるから……これまで、ハンカチ一枚ぬすんだことはないし……、ほんとは、今でもぬすみをするのはいやなのよ」

「だが、あの指輪はおくさまのものじゃない。あのわがままむすめが見つけたものだろ。おれたちの新生活のスタートのためにいただいたっていいじゃないか」

たぶん、パトリックはこれまでもおくさまの宝石をぬすむように何度もそそのかしたことがあって、その度に、スペンサーさんは断っていたのだろう、とルーシーは思った。

「パトリック、それは、ちがうでしょ。でも、今度こそ、あなたのこと、信じていいの？　この前は、さんざん調子のいいことをいっておきながら、姿を消して、何か月も音さたなかった……そしてまたいきなり現れて、わたしにぬすみをしろっていうのね」

「なぜかわかってるだろ？　おれだって、いろいろ考えたんだ。おれたちが結婚できるだけの金を作ろうと思ってさ。ほんとにあんたのことばかり思ってたよ、ベッシー。いい暮らしをさせてやりたいし……」

「わたしが指輪をぬすんであなたにわたすと、そのあとどうなるの？」

「そのことなら、心配するな。おれは、また、姿を消す。だれも、気にしないだろ、とくにパーティーが終わったあとだし。ダブリンにそっち関係の仕事をしている友だちがいるから、指輪を持っていって売る。それから、あんたを呼び寄せるよ」

「ああ、パトリック、わたしもいっしょに行ってはだめ？」

「だめだ。あんたがいなくなったら、おくさまはすぐにあんたを疑って、おれたちに追っ手を向ける。ここにいなくちゃ、だめだ」

「お願い、信じないで、スペンサーさん。パトリックも指輪も二度と見られなくなるって、わからないの？」ルーシーは、心の中でさけんだ。しかし、のぼせあがったスペンサーさんに通じるはずはなかった。「あなたのいうとおりだと思う、パトリック。じゃあ、わたしは、そろそろもどった方がいいわね」

「そうだな。明日の夕方、馬車置き場で会おう。六時ちょうどに、あの古い馬車の中で待ってる。あのころみたいにな、ベッシー」

スペンサーさんは、立ち上がって足早に去っていった。パトリックは、あくびをして両足をのばした。そんなところにずっといないでよ、とルーシーは思った。ちょうどそのとき、秋の冷たい風がふいてきて、パトリックは身ぶるいすると、ゆっくり立ち去った。

ルーシーは、十分以上たってから自分も庭を出た。


「どこに行ってたの？」ルーシーが使用人食堂にすべりこんでネリーのそばにすわると、興味しんしんのようすでネリーがたずねた。ウインターズさんやモリスさんはもういなくて、ほかの人たちが、昨夜のディナーの残り物のドライフルーツ入りプディングを食べていた。「あなたに狩りのえものを使ったミートパイを少し取っておいたわよ。はい、どうぞ」

ルーシーは、オシェアさんに何も聞かれなかったので、ほっとした。

「お子さまたちは、もうお帰りになりましたか？」フローリーがたずねた。

「まだだよ。お二人は、二、三日お帰りにならないはずだ」オシェアさんが答えた。

ルーシーはこおりついた。どうしよう。指輪は、明日ぬすまれることになっている。ロバートが帰る前に、わたしは指輪をぬすんだと責められて、追い出されてしまう。どうすればいいんだろう？

ルーシーは、事の成り行きを伝えるためにロバートがいるグレンレアまで行こうというむちゃな計画まで考えたが、そのあと、子ども部屋でウェイド先生の話を聞いて、胸をなで下ろした。

「ルーシー、エリザベスおじょうさまとロバートぼっちゃまは、明日お帰りになります。パーティーのお客さまをお見送りしなければなりませんから、お昼前にはお着きです」

ルーシーは、心からほっとしたので、午後は今日も洗濯部屋で働くことになったが気にならなかった。今日は手回しのしぼり機の係で、これは、とてもつらい仕事だった。たたんだシーツをしぼり機に通すと、下に置いた木のおけに水が流れ落ちる。しぼったシーツは木製のラックにていねいにかける。ラックには小さな車輪がついていて、ゆかのレールの上をおしてかんそう室まで運ぶ。それから、ラックをもどして同じことをくり返すのだった。

次の日の朝、ルーシーは子ども部屋で縫い物の仕事があった。ルーシーは、がんばって仕事をし、ウェイド先生は、暖炉のそばで本を読んでいた。そのあいだ、ルーシーの頭は、ロバートのことでいっぱいだった。「何時に帰ってくるの？　お願い、急いで」今にもターコネルおくさまが部屋に飛びこんできて指輪をぬすんだといって責めるのではないかと、びくびくしながら心の中でいのっていた。お客さまは十二時ごろ出発の予定だから、子どもたちは、それより前に帰ってこなくてはならないはずだ。おそらく、スペンサーさんは、お客さまの出発の時の大さわぎや混乱の最中に指輪をぬすむのがいちばんだ、お客さまが帰ってからではだめだと、思っているだろう。おくさまは指輪のないことに気づいたらすぐに手を打つ、とスペンサーさんにはわかっているだろうから。

　馬小屋の方から聞こえたのは、ひずめの音だったのかしら？　この部屋にいて聞き分けるのは無理だわ。でも、ろう下で足音がするのはまちがいない！　次のしゅんかん、ロバートが部屋に飛びこんできた。ウェイド先生は、顔を上げて、息をはずませているロバートを見てほほえんだ。

「あら、ロバート……」

「ウェイド先生、ルーシー、何が起きたかわかる？　パーネルが八十六議席かく得したんだよ！　ぼくたち、このニュースを今朝、聞いたんだ」

ルーシーは、思わず縫い物を取り落とした。ロバートは、ルーシーに向かってにっこり笑って見せた。

「でも、選挙に勝ったのはだれですか？」ウェイド先生は、とまどったようにたずねた。「パーネルのアイルランド党は小さな党にすぎません。保守党はどうなりましたか？　自由党は？　だれが内閣を作るのでしょう」

「知りません。パーネルの八十六議席しか覚えてません」ロバートは、明るい声でいった。「フレデリックは、パーネルがどちらにつくかで決まる、っていってました」

「そうですか。事の真相を知るには、フリーマンズジャーナル紙が届くのを待つしかないですね。ところで、ロバート、わたしたちみんなの将来にかかわるとても重要なニュースを聞いたときは、もう少し注意深く受け取るようにしましょうね。さあ、エリザベスもロバートも下に行かなければ。お客さまは正午にご出発の予定ですから、ごあいさつをしなければなりません」

先生と子どもたちが部屋を出るとき、ルーシーは、ロバートに向かって「お願い、大変なの。助けて！」という表情をして見せた。数分後、ロバートがもどってきていった。「どうかしたの？　早くしてね。ぼく、ハンカチを忘れたから取ってくるって、いったんだ」

「今夜、スペンサーさんが指輪をぬすんで、パトリックにわたすつもりです。二人は、六時に馬車置き場で会います。そのあとパトリックは、指輪を持って姿を消す……。ああ、ぼっちゃま、わたしたち、どうすれば……？」

「今夜だって？　何かいい方法を考えよう。とにかく、エリザベスには話したから、助けてくれる。心配しなくていいよ」

「でも、ぼっちゃま、最悪なのは、スペンサーさんが、わたしがおくさまの部屋をこそこそ探し回っているのを見たって、おくさまにいいつけたことなんです。だから、あなたのお母さまは、きっとわたしがぬすんだとおっしゃるでしょう」

「それなら、どうするか作戦を立てよう。昼食のあとでエリザベスとぼくに会える？　フレデリックが、めずらしい木の枝をさし木用にくれたんだ。それを、エリザベスといっしょにマクダイアのところに持っていかなくちゃならない、といっておくよ」そういうと、ロバートは、あっというまに飛び出していった。

　馬小屋の外の時計が十二時を打ったとき、ルーシーは、窓から身をのり出して下を見た。砂利をしきつめた広い車回しに、馬車が、ずらりと並んでいた。馬の世話係は、荷台にすわるか、二頭立て馬車の馬のたづなをにぎって立っていた。お客さまの侍女や従者たちが、荷物用の馬車に乗せる小さい箱を持って、いそがしそうに走り回っていた。マッギンレーとパトリックは、大きなトランクや衣装箱を運び出していた。

「旅は身軽がいいのに」ルーシーは思った。でも、もちろん、あの人たちには無理だわ。ぶという会用のドレス一着だけで、トランクがまるまる一つ必要なんだもの。おまけに、とてもたくさん着がえを持っている。夕べ、オシェアさんが、どんなにたくさんか話してくれた。「朝食用のドレス、狩猟用のツイードのスーツ、お茶会用のアフタヌーンドレス、ディナー用のイブニングドレス、そして、もちろん、ねるときのパジャマとかネグリジェ。それに、パーティーに呼ばれたレディは、二度と同じドレスを着るものではないとされているのさ。わたしが、アイヴァー卿の従者から聞いた話だけどね、イギリス皇太子のためにアイルランド総督邸で開かれたパーティーで、二晩続けて同じドレスを着たレディーがいた。『おくさま、そのドレス、前に、拝見しなかったでしょうか？』といわれて、気の毒に、そのおくさまは、はじをかいた。まあ、当然のことだけど。レディーにふさわしいことができないのなら、レディーとはいえないんだよ」

お客さまたちが、姿を現した。旅行用の服を着て、ほこりよけのヴェールがついた帽子をかぶり、毛皮のえり巻きとマフをつけている。あちこちで、さよならのあいさつをし、親しげにだきあったり、握手したりしているのを見ているうちに、ルーシーは、男の人たちが一か所に集まって活発に議論しているのに気がついた。「きっと、パーネルとアイルランド党のことだわ」ルーシーは、そう考えてうれしくなった。「もう、秋の終わり、館のパーティーも終わり、そして、ひとつの時代の終わり……」

ルーシーは、使用人食堂へ向かって、ゆっくり階段を下りた。

「また、おくれたね、ルーシー」オシェアさんがいった。「あんたみたいなぐずは見たことないよ。さて、みなさま帰ってしまわれた。いつもいうように、『集まりあれば別れあり』なのさ」ルーシーは何もいわなかった。

「昼食は何？」ルーシーはネリーにたずねた。「えものの肉のパイよ」ネリーが答えた。「狩りが終わってよかった。えものの料理は、もうたくさん。いつも食べてるマトン料理がなつかしいわ」ネリーがいった。

ルーシーは、狩り用馬車にうず高く積まれたえものの鳥たちのことを思った。羽が青緑色に光っているマガモ、ごうかな羽のキジ、赤茶色のライチョウ、胸の白いシギやつばさが黒っぽいヤマシギ。死んで生気を失った鳥たちの目を見るのはとても悲しい。でも、狩りでうたれなくても、あの鳥たちは死んだだろう。だれもが死ぬ。ルーシーは、ふと、思った。わたしが元の世界にもどったとき、ロバートやエリザベス、そしてこの館のみんなは、すでに死んでいるんだわ」

ルーシーは、厳しゅくな気持ちになった。

12　指輪を取りもどせ！

ルーシーが昼食のトレイを片づけていたとき、ロバートがウェイド先生にいった。「ぼくたち、グレンレアでめずらしい木の枝をさし木用にもらったんですけど、それをエリザベスといっしょにマクダイアのところに持っていっていいですか？」

「いいですよ。ちょうどよかったわ。わたしは、お客さまが帰られたあとの客間を整えるのを手伝ってほしいと、モリスさんにたのまれていますから」

「わたしも、ぼっちゃまたちといっしょに行っていいですか？」ルーシーがいった。「オシエアさんに菜園の果物を持ってくるようにたのまれているんです」

子どもたちは、野菜と果物の菜園に通じている曲がりくねった道を歩いていった。初めに口を開いたのはロバートだった。

「ルーシー、ぼく、きみが立ち聞きした話をお母さまにいおうと思うんだ。パトリックがスペンサーに指輪をぬすむようにいってたという話」

「話してもむだだと思います。信じてはくださらないわ。もし、スペンサーさんがまだ指輪をぬすんでいなければ、お母さまは安全のためにかぎをかけてしまうだけです。そうなれば、ぜったいわたしの手には入りません。もし、ぬすんだあとなら、わたしが疑われて責められます。だめです。わたしたちにできることはただ一つ、スペンサーさんがパトリックにわたす前に指輪を手に入れることだけです」

「お父さまなら、きっと、わたしたちの話を聞いてくださるわ」エリザベスがいった。「お父さまに話しましょうよ。お父さまなら、今夜その場所でパトリックの手にわたる前に指輪を取りもどす方法を考えてくださるわ」

「それも、やっぱり役に立たないと思います」ルーシーは暗い声でいった。「ターコネル卿が指輪を手にされたら、指輪はしまいこまれてわたしのところにはもどってきません。前にいったように、お母さまは、スペンサーさんの話を信じて、わたしが指輪をぬすもうとしていると、いつも疑っていらっしゃるんです。ああ、ぼっちゃま、おじょうさま、わたし、どうしても指輪を取りもどしたいんです。これ以上待てません。ほんとに家に帰りたくてたまりません。
ここはいいところですし、楽しいこともたくさんありました。でも、わたし、家族に会いたい
……」がまんできなくなって、ルーシーは、わっと泣きだした。
「心配しないで、ルーシー」エリザベスは、ルーシーの肩にやさしく手を回した。「ルーシー
のいうとおりよ、ロバート。わたしたちだけで指輪を手に入れないと」
三人は、道ばたの少し高くなったところにすわって、考えこんだ。
「そうだ！」ロバートが興奮していった。「ぼくがパトリックのふりをして、馬車置き場でス
ペンサーに会うんだ」
「でも、パトリックが同じ時間に来ますよ……それに、けんかになったら、ぼっちゃまはパト
リックにかないません」
「パトリックに、スペンサーはもう少しあとでないと会えないって伝えるのはどうかしら」エ
リザベスが、勢いこんでいった。
「いい考えですね」ルーシーの心ははずんだ。「でも、パトリックは、いつもどこにいるんで
すか？」

「いつも門番小屋にいる、ジムといっしょにね。実をいうとね、お母さまは館の中に入れるほどパトリックを信用していないと思うよ」ロバートは、にやっと笑った。

「でも、ぼっちゃま、声はどうします？　スペンサーさんには、すぐパトリックではないって、わかってしまうでしょう」ルーシーは、またしょんぼりした。

「スカーフを口に巻きつけて、かぜを引いたふりをするよ。パトリックがいつもかぶっているような作業用の帽子をマッギンレーに用意してもらう。それから大きなコートを着るんだ。ぼくは年のわりには背が高いし、パトリックは背が低いほうだ。それに、ほら、ぼくは馬車の中にすわっているんだよ」

「ああ、そうでしたね。そういえば、パトリックはあの古い馬車で待つっていってましたけど、どれか、わかります？」ルーシーは、前に馬車置き場を見せてもらったことがあったけれど、いろいろな種類の二輪馬車や四輪馬車でいっぱいだったことしか覚えていなかった。

「おじいさまの馬車よ。馬車置き場のずっとおくの方にあるの」エリザベスが説明した。

「それに、もう一つわたしたちに有利なことがあるわ。その時間は暗くなるころだけど、スペンサーは明かりを持っていかないと思うの。フィールディングが何だろうと思って出てくるのがこわいから」

「確かに、そうですね」ルーシーは元気が出てきた。「きっと、うまくいきます。それでは、おじょうさま、ぼっちゃま、よろしくお願いします」

「ぼくは、マッギンレーに、帽子とコートを用意してもらう。そして、六時十五分前に馬車置き場に行く。スペンサーが早く行ってるといけないからね」

「では、わたしは、こっそり門番小屋に行って、パトリックに、スペンサーさんはおくさまの用事でおそくなる、明日まで会えそうもない、と伝えます」

三人は、再び菜園へと歩き始めながら、計画の細かい部分まで、くり返し話し合った。

「あまりしゃべらないでくださいね」ルーシーが最後のアドバイスとして、ロバートにいった。

「パトリックは、きっとしゃべらないはずです。指輪が手に入るかすごく不安で、よけいな話をしてるひまはないんですから。ただ『指輪をよこせ』とか『急げ、フィールディングが来るぞ』とかいうだけにしておいてください」

本当なら、マクダイアさんの菜園は、ルーシーにとって楽しい場所だった。しかし、今日は、マクダイアさんが作物や貯蔵品、種や苗や植えつけのことなどについて話してくれているあいだ、みんな、明らかにいらいらしていた。しかし、マクダイアさんは気づいていないようだった。

「ブドウが必要なんだね、ルーシー？　貯蔵小屋に入って、いちばんおいしそうなふさをいくつか自分で選んでいいよ。今年は、われながらいいできだ」

三人は、マクダイアさんのあとについて、ひんやりして暗い貯蔵小屋に入った。中にはずらりと棚が並んでいた。かたむけて作られている棚板には丸い穴があり、穴の一つ一つに、くきのついたブドウをひとふさずつさしたびんがはめこんであった。

「びんの中には雨水と炭が入っていて、そのおかげでブドウがしんせんに保たれます。ここには三百ふさほどありますが、来年の五月までもちます。それまでずっと、おいしいブドウが食べられるのです。ナシはいかがですか。コミスのナシは最高においしいですよ」それから、マクダイアさんは三人を別の貯蔵小屋に連れていった。そこの棚はナシでいっぱいだった。マクダイアさんが、いくつか選んでルーシーのバスケットに入れてくれた。

「では、次は菜園をご案内いたしましょう」マクダイアさんがいった。

ルーシーが不安そうな表情でロバートを見たときには、ロバートが、もう口を開いていた。「とてもありがたいけど、マクダイア、それは別の機会にお願いしたいな。たぶん明日とか。エリザベスとぼくは、お母さまがお茶をいっしょにと待ってるから、おくれるわけにはいかないから」

「もちろんですとも。どうぞ、どうぞ。それから、ルーシー、オシェアさんに、ぜひ自分でここに来て貯蔵小屋に何があるか見るように、伝えておくれ。きっとメニューの役に立つと思うよ」そして、マクダイアさんは、自分にいい聞かせるようにいった。「もうお時間ですね。しかし、わたしが菜園の最も大事な部分を管理していることを、覚えておいてください。こんな昔からの歌をお聞きになったことがありますか?」

三人は、しかたなく足を止めて、マクダイアさんが歌を口ずさむのを聞いていた。

花は　食べられない
真っ赤なバラ　白いバラ
しだれてかがやく　キングサリ
雪のような　白ツバキ
みんな　みんな　食べられない
光を放つ　ユリの花

あまいかおりの　ライラック
どれも　これも　食べられない
ミツバチは　花のミツを　喜ぶけれど
人は　花の美しさに　あこがれるだけ
花は　食べられない

「みなさん、よく覚えておいてください。果物と野菜は、いつだって花に勝つんですよ」

「マクダイアの話、永久に終わらないかと思った」みんなで急ぎ足で館に帰るとちゅう、エリザベスが笑いながらいった。

「わたしは、このままお母さまの部屋に行くわ。指輪があったら取ってくる。なくなっていたら知らせるから、そのときは、ロバート、あなたはすぐマッギンレーに会って。ルーシーは五時半に必ず門番小屋に行ってね。じゃあ、学習室で会いましょう」

ルーシーは、台所に行って、「花は　食べられない　真っ赤なバラ　白いバラ……」と楽しそうに歌いながら、オシェアさんにバスケットの中身を見せた。オシェアさんは、ルーシーの歌をさえぎっていった。「ルーシー、おくさまが、今すぐ子ども部屋に来るようにとおっしゃってるよ。行きなさい。なるべく早くもどってくるんだよ。お客さまたちが帰られたからといって、仕事がないわけじゃないんだからね。ここで働いている人たちはみんな、お客さまが帰られた日の夜は、特別おいしい夕食を期待しているんだよ。だから、急いで」

ルーシーが子ども部屋に行くと、ターコネル夫人が、両手を組んでテーブルの前に立っていた。青い目が冷たく光っている。

夫人の後ろにエリザベスが立っていて、ルーシーが入っていくと、自分の薬指を指して首をふった。スペンサーさんがすでに指輪をぬすんでしまったんだ！

部屋にはウェイド先生もロバートもいて、どちらも暗い顔をしている。ターコネル夫人が指輪がぬすまれたことを二人に話したからにちがいない、とルーシーは思った。

「あれをどうしましたか？」ターコネル夫人が、とげとげしい声で厳しくいった。

「あれ、あれって、何のことですか」ルーシーは口ごもった。

「ルビーの指輪に決まっていますか！　まったくいやな子だこと」ターコネル夫人の声がかん高くなった。

「わたしは知りません」ルーシーは答えた。自分でもおどろくほど落ち着いてしっかりした声だった。

「つまり、指輪をぬすんでいない、といい張るのですね。よろしい。ウェイド先生、ルーシーをあなたの部屋に連れていって、てってい的に調べてください」

ルーシーは、くやしさをこらえてウェイド先生についていった。ロバートが、なぐさめるような目つきでちらっとルーシーを見た。ウェイド先生の部屋に入ると、先生がいった。

「こんなことになってしまって残念です。ルーシー、あなたはかしこい子だから信頼できる使用人になってくれる、と思っていました。わたしの思いちがいだったようですね。あなたのおばさんは、ひどくがっかりするでしょう。さあ、服をぬいでください。ブーツもストッキングも全部」

長いペチコートだけでふるえながら立っているルーシーのそばで、ウェイド先生は、ルーシーがぬいだドレスとエプロンのポケットを注意深く調べ、それから、不格好なブーツをさかさまにして、ふった。厚手の黒いストッキングを調べているとき、ドアの外でターコネル夫人の声がした。

「その子、指輪をかくしていましたか？」

「いいえ、おくさま」ウェイド先生は、ペチコートの上から両手を走らせて、ルーシーの身体をすみからすみまで調べているところだった。

はだかにして所持品を検査するなんて！　ルーシーはいかりにかられた。でも、ウェイド先生を責めるわけにはいかない。

また、ターコネル夫人の声がする。「こんなずるがしこい小むすめにだまされるものですか。ここから追い出す前に、あの指輪をどうしても見つけなくては……」

ルーシーは、おそろしさのあまり息が止まりそうだった。いつ追い出されるのだろう？

「この子の部屋を調べてください。もしそこになければ、使用人たち全員に聞く必要があります。この子がどこにかくしたか、だれか知っているかもしれません。同じ部屋の皿洗いのメイド、あの子なら、きっと何か知っているでしょう。ウェイド先生、あとで、わたしのところに来てください。話を聞く使用人たちのリストを作ります……エリザベス、ロバート、あなたたちは、わたしの部屋でお茶にしましょう」

ルーシーは、服を着ると、もう一度子ども部屋に連れていかれた。ターコネル夫人が冷ややかにいった。「今後、この子をわたしの子どもたちに近づけないでください。道具部屋に閉じこめるのです。全部調べ終わったら、この子をブリジッドのところに帰すかどうか決めます。エリザベスもロバートも、この子がいなくなるまで、決してこちらに来てはいけません」いい終わると、ターコネル夫人は、急いで部屋から出ていった。

母親のあとについて出ていくとき、ロバートが、ルーシーの前で何かを手でおすようなしぐさをした。ルーシーは、最初とまどったが、すぐにわかった。ひみつの階段のかべ板を開けられるようにしておいて、という意味だったのだ。

二人だけになると、ウェイド先生は、少しやさしい口調でルーシーに聞いた。「あなたが指輪をぬすんだの、ルーシー？　もし本当のことを話してくれて、指輪をおくさまに返せば、あなたのために何か考えてあげることもできるでしょう。この館にはいられなくなるでしょうけれど、わたしはあなたを助けてあげられるかもしれません。さあ、本当のことを話してごらんなさい、ルーシー」

「わたし、本当のことを話しています、ウェイド先生。指輪をぬすんでなんかいません」ルーシーは、みじめな気持ちだった。

「ルーシー、わたしは、あなたを信じたいと思いますけどね。指輪が消えたのには、何か別に原因があるのかもしれないし……スペンサーさんが置き場所をまちがえたとか」まちがえたなんて、それはぜったいちがう、とルーシーは思った。それどころか、指輪はきっととても大事にしまってあるだろう。

ウェイド先生は、ルーシーを道具部屋に連れていき、かぎをかけて閉じこめる前にいった。「だれかに食べるものを持ってこさせましょう。にげ出そうとはしないと、あなたのめいよにかけて約束するなら」

ルーシーは約束した。ぬすんだ、ぬすまなかったに関係なく、ウェイド先生は、わたしのめいよにかけた約束を信じてくれるんだ!

かぎがかかる音を聞きながら、ルーシーは、小さないすにすわって、自分の置かれた状況を考えてみた。最悪だわ。今は、スペンサーさんが指輪を持っていて、それをパトリックにわたす。そして、パトリックが館をにげだしてダブリンに行き、指輪を売りはらう。そうなったら、もう終わり。わたしは永久に一八八五年に取り残されたまま。それで、いったい、どこへ行けばいいの。ラングレーの館から追い出され、わたしのおばさんとかいう人に追いはらわれて、孤児院か救貧院に入れられる運命だわ。

ルーシーは、エリザベスとロバートのことを考えて元気を出そうとした。きっと、二人の計画はうまく行くわ。ロバートは自分の役目をきちんと果たすと思うけど、でも、だれが門番小屋のパトリックにことづてを伝えるのかしら。エリザベスがそんな役を引き受けるとは、とても思えない。きっと、マッギンレーかネリーに行かせるだろう。だけど、使用人たちはみんな、取り調べのために室内に残らなければならない。ということは、この計画はどう考えても失敗だわ。ルーシーは、落ちこんでいたが、次第に自分に腹が立ってきた。あのとき指輪のある場所がわかっていたのに、どうしてもっとがんばって取りもどさなかったのか。二つ目の願いごとをするのに、二、三分もかからなかったはず。ターコネル夫人の部屋に行ったのに、せっかくのチャンスをのがしてしまった。見つかることばかり心配してないで、あのまま化粧室にいて指輪を取りもどせばよかった。でも、のがしたチャンスをなげいても、どうしようもない。そう考えると、ルーシーは、また泣きだしてしまった。

道具部屋の周りは、静まり返っている。とつぜん、かぎを回す音がした。ルーシーは、きんちょうしてドアに目をやった。ウェイド先生がわたしを呼びにもどってきたのかしら。しかし、そうではなくて、ミニーだった。「わたしだって、いそがしいんだから！」ミニーは、いらだった声でいいながら、バターつきパンが二、三枚のったお皿をバタンと置いた。

「ねえ、ルーシー、下では、あなたのことでさわいでるわよ。おくさまの指輪をぬすむなんて。ネリーだって、おどろいてものもいえないみたい」

「まあ、ミニー、わたし、ぬすんでなんかいない。ぜったい、ぬすんでないわ」

「そうよね、指輪が出てくるといいけど。おくさまは、何かをどこかに置き忘れては、使用人のせいにすることがよくあるのよ」

「わたしはぜったいにぬすんでないって、台所にいるみんなにいっておいて。どろぼうだと思われたら、わたし、がまんできない」

「わかった、いっておくわ。でも、ウィンターズさんは別よ」といってから、ミニーは、くすくす笑った。「ウィンターズさん、あなたをひと目見たしゅんかん何か変だと思ったそうよ。それに、人を見ることにかけてはまちがったことがない、ともいってるわ……さあ、食べ終わったら、お皿を持っていくわよ。じゃあ、また夕食のときにね。心配しないで、きっとだいじょうぶよ」

ミニーは、またドアにかぎをかけて出ていった。「うーん、あのウィンターズさんも、意外に見る目があるのね。『何か変』、確かに！」ルーシーは思った。

辺りがだんだん暗くなってくると、道具部屋はますます暗くなった。ルーシーは、今何時なのか考えてみたが、まったくわからない。もう五時半を過ぎただろうか。それとも、パトリックたちが会う時間の六時だろうか。ロバートとエリザベスは、だれかにたのんで、ことづてを門番小屋に届けてもらったかしら。ネリーにはたのめないはずだ。ミニーがわたしの食事を取りに行ったとき、ネリーは台所にいたのだから、届けたのは、たぶん、マッギンレーだろう。ルーシーは、かべ板の横にすわって、取っ手をおした。またあのカチッという音がした。今のルーシーにとっては、とにかく、それだけがなぐさめだった。

しばらくうとうとしてしまったようだ。とつぜん物音がして、ルーシーは、はっと目を覚ました。エリザベスがひみつの階段を上がって入ってきたのだ。ルーシーは、うれしくて胸がどきどきした。「ここまでは、うまくいってるわ！」エリザベスはそういうと、ルーシーにだきついた。

「どうなったんですか？　どういうことになったんですか？」

「少なくとも、パトリックにことづてを伝えるところまでは成功したのよ。わたしが伝えたの」

エリザベスは得意になっている。

「おじょうさまが？」ルーシーはおどろいた。

「お茶の時間が終わったあと、ロバートが、二人でポニーを見に行きたいといったの。馬小屋に行くとちゅう、ロバートと相談して、ことづてはマッギンレーに届けてもらおうということになったのよ。マッギンレーは、いつだってたよりになるから。でも、マッギンレーは見つからなかったの。お母さまが使用人たちをみんな使用人食堂に集めてたから。ほんと、お母さまって、ときどき何でもないことで大さわぎするのよね。わたしたち、どうしたらいいかわからなくなって……。それで、わたしが届けるっていったの。そのくらいのことなら、わたしでもぜったいできるもの」

エリザベスは続けた。「わたし、コートを着て、並木道を走って門番小屋に行ったわ。パトリックがいたので、スペンサーからのことづてがあるといったの。そして、足首をいためて歩けないから会うのは明日の夜にしてほしい、同じ時間、同じ場所で、ということづてを伝えたのよ」

「それで、パトリックは？」

「わたしを見て、とてもおどろいたようだったけど。スペンサーにたのまれたといったの。スペンサーが転んだときわたしがそばにいたので、大変申しわけないけれどパトリックにことづてを伝えてもらえないか、とたのまれたって。でもね、パトリックは、どうしてだれか使用人が来なかったのか、と疑わしそうに聞いたわ。だから、わたしにはよくわからないけど、何かめんどうなことが起こって、お母さまが使用人全員を使用人食堂に集めることにしたのって説明したの。それを聞いて、パトリックは、かなりショックを受けたみたい！　それで、わたし、走ってにげてきたの。きっと今夜は、パトリックは馬車置き場には近づかないわ。というより、今夜だけじゃなくて、もうずっと行かないと思う。これですべては終わりだ、と考えてるはずよ」

「おじょうさまは、ほんとにすばらしいです」ルーシーは、心から感心していった。「わたしだったら、おじょうさまのようにはうまくできなかったと思います」

エリザベスは、ドレスがよごれるのも気にせず、ゆかにすわりこんだ。「これで、あとはロバートがもどってくるのを待つだけだわ。だから、ルーシー、神さまにいのって！　あなた、いのったらいつも願いがかなう？」

「かなうときもあります」ルーシーは、おばあちゃんからもらった指輪に願いごとをした夜のことを思い出した。

二人がすわっているうす暗い道具部屋のかべに、手元のろうそくが、きみょうなかげを映しだしている。とつぜん、エリザベスがいった。「実は、あなたに話したかったの。あなたがフレデリックに会うようにわたしを二階から下りて行かせたあの朝のことよ」

「行かせた、というわけじゃないんですけど」ルーシーはほほえんだ。

「そうね、でも、あなたがいなかったら、わたし、下りていかなかったわ。それに、あなたがいなかったら、あんなにおぎょうぎよくしていなかったわ。いつものように、ほかのだれよりも目立とうとしていたと思う。あなたのおかげで、わたし、きんちょうしないでとても楽しく過ごしたの。フレデリックがいってたわ。あの朝いっしょに乗馬をして、そのあとグレンレアにも来てくれて、前よりもっとぼくのことをわかってくれたよねって」エリザベスは続ける。

「昨日フレデリックとラングレーの館に馬車で帰ってくるとき、ロバートとフィールディングは後ろの席だったんだけど、そのとき、フレデリックがわたしにいったの。きみがいつも冷たくするから、きっとぼくはきらわれてるんじゃないかと絶望してたって……。ねえ、ルーシー、結婚するかどうかはわからないけど、わたし、フレデリックとずっといい友だちでいようと思うの。今はフレデリックに何でも話せるような気がするわ」

「ほんとによかったですね」ルーシーがいった。

エリザベスは、顔を上げて、ひざを強くかかえこんでいった。「ルーシー、どうしてそんなに頭がいいの？　どうして、わたしのことがそんなによくわかるの？　あの朝、ほんとはフレデリックに会いたかったんだけど、あんな態度をとってしまったから、会いたくないふりをしようと決めたの。そんなことが全部わかったのはどうしてなの？」

ルーシーは、また、ほほえんだ。「わたしは、おじょうさまとそっくりの子を知っていたんです。ほんとはいい子なのに、ほしい物が手に入らなかったり、自分が一番でなかったりすると、かんしゃくを起こして、周りに八つ当たりしてみんなにいやな思いをさせるんです。その子の弟なんて、いつもお姉さんのごきげんを取ろうとしては、無視されてかわいそうでした」

「その女の子はどうなったの？」

「どうでもいいことにいらいらするのはやめて、大切なことを大切にするのを学んだのだと思います。つまり、少し大人になったんですね」

二人は笑った。

そのとき、待ちに待っていた音が聞こえた。ひみつの階段をだれかが上がってくる音だ。かべ板が開いて、ロバートが部屋に入ってきた。

「どうなったと思う?」

「手に入れたんですね、ロバートさま、手に入れたんですね!」ルーシーは、用心するのも忘れて、思わず大声でさけんでしまった。

「手に入れた! 今、全部話すから……息がおさまったらね……。ぼくの格好を見せたかったよ」ロバートは笑った。「マッギンレーは、雑用係の古い上着を持ってきてくれた。パトリックが石炭を運んでくるときに着ているみたいな上着だ。それから自分の古い帽子に紙をつめて、ぼくに合うようにしてくれた。スカーフも巻いて馬車置き場に行ったんだ。例の古い馬車の中にずっとすわってた。なかなかスペンサーが来ないので、もしかしたら来ないんじゃないかと思った。なんともいえない変な気持ちだった。あんなところにたった一人ではらはらしながらすわっていたんだからね。でも、スペンサーはぼくよりもっとはらはらしているだろうと思うと、少し落ち着けた。指輪のさわぎがあって、お母さまが全員に集まるようにといってたから、ぬけ出すのはとても大変だったと思う。スペンサーは、時間どおりやって来て、指輪の箱をぼくの手におしつけると、大急ぎで出ていった。もし、スペンサーが指輪はパトリックが持っているとお母さまにいって、パトリックがつかまっても、大変なことにはならないよね」

「もちろん、そうですよ」ルーシーは、楽しそうにいった。「それに、今ごろはもう、ダブリンまでの半分以上は行っているはずです。色々調べられるようなところにいたくはないでしょうから」

「ルーシー」ロバートが真顔になっていった。「指輪をわたす前に、質問してもいい？」

「何でもどうぞ」ルーシーの心は喜びでいっぱいだった。今まで、どんなにがっかりしたり、後悔したり、苦しんだりしたことだろう。でも、それも、もう終わりだ。指輪がもどってきた！もうすぐ、家に帰れるのだ。気がつくと、ロバートが不安そうな顔をしている。ルーシーはたずねた。「どんなことですか？　何か心配なことがあるんですね」

ロバートは、真剣な口調でいった。「ルーシー、きみは別の時代からやって来た。エリザベスもぼくも、今ではそのことを信じている。きみは、ぼくたちより百年以上あとの時代の人だ。その百年間にどんなことが起きたか、知っているよね。ぼくたちのような人はどうなったのか、教えてくれないか。お父さまたちは、アイルランド自治が実現すればぼくたちの階級は生きる場所を失う、といつもいっている。小作人が土地を得て、地主は権利を失うって。本当にそんなことが起きるの？」

ルーシーは、どういったらいいのか少し考えてから、ゆっくり話し始めた。「アイルランド自治は、一八八五年にもそのあとも、長いあいだ実現しませんでした。イギリスから独立できたのは、ずっとあとになってからです。一九一四年から一九一八年まで、世界大戦がありました。アイルランドは自治を約束されていましたが、本当に自治権を得たのは大戦が終わってからです。それまで待てなかった人たちは一九一六年に立ち上がり、あちこちで暴動がありました。結局、一九二一年にアイルランド北部の六つの州をのぞいて、イギリスから独立しました」

「このドニゴール州は、その六つに入っていたの？」エリザベスが聞いた。

「いいえ、ドニゴールは、その六つには入っていませんでした。後のアイルランド共和国の一部になりました」ルーシーは、急にあることを思い出して笑った。「ここがファーマナ州だったら、お二人はイギリス人ということになります。どこかで読んだことがあるんです。ウェストミンスター公爵がファーマナに領地を持っていてイギリスから別れたくないといったので、ジョージ五世は、ファーマナがイギリスにとどまることを主張したそうです」

「でも、ぼくは、アイルランド人でいたいと思っただろうな。ぼくは、アイルランド人なんだから」続けて、ロバートは早口で聞いた。「ルーシー、地主たちはどうなったの？　小作人は土地を買い取る権利を持てたの？」

「そうですよ。たくさんの土地に関する法律ができました。それについては、あまりはっきり知らないのです。でも……」

「ルーシー、きみはまだ、地主がどうなったかについて答えてないよ」ロバートが静かな口調でいった。「ぼくたちの子孫は百年後もここにいるの？　ラングレーの館は、百年後もここにあるの？」

「今、アイルランドを代表する詩人のW・B・イェーツの詩を思い出そうとしてるんです。イェーツは、もう生まれているはずです。

真夜中　大きな館の前に出た
開け放たれたげんかんも　窓も

こうこうと　明かりがついている
友は　みな　そこにいて
わたしを　むかえ入れてくれる
ふと　われに返れば　そこは　はいきょ
風が　ひゅーっと　ふきぬけていく……

イギリスに住むことにした地主もいます。戦いの中で焼かれてしまった大きな館もあります。でも、たくさんの地主や館が、新しいアイルランドにそのまま残りました。ロバートさま、エリザベスさま、お二人の家族は残ります。子孫も、きっと、わたしの時代にもここに住んでいると思います……」

「もう行ったほうがいいわ、ルーシー」エリザベスがいった。「今ごろは、わたしたちがいないというので、大さわぎになってるはずよ。それに、ミニーが、こっそりあなたに夕食を持ってくるかもしれない。あなたがいなくなってしまったら、ウェイド先生がどんなにおどろくかしら」

「わたしが指輪をぬすんだんじゃないって、みんなに信じてもらえる方法が何かあったらいいのですが」ルーシーがいった。

「なんとか考えるわ。あの指輪はもともとルーシーのものだったから、取りもどすのをわたしたちが助けたんだって、お母さまにお話しするわよ」

「信じていただけたら、ほんとにきせきですね」ルーシーは笑った。「でも、そのお気持ちには感謝します……。お二人に会えなくなるのは、とてもさびしいです」

「わたしもよ」エリザベスもいった。「このままここにいてくれたら、うれしいのに」

「きみがいないラングレーなんて、つまらないだろうな」ロバートの悲しそうな声に、ルーシーは胸が痛んだ。

「わたしたちがおたがいに決して忘れないでいると約束すれば、少しは気持ちが楽になるんじゃないでしょうか」ルーシーがいった。

エリザベスもロバートもうなずいた。三人の親友は、おごそかに握手して、時間が三人を引きはなしたあともいつまでもおたがいを忘れないでいることをちかい合った。このうす暗い部屋は、これからずっとたくさんの思い出をしまっておくことになるだろう。

ロバートは、箱から指輪を取り出して、ルーシーにわたした。

「この指輪は右手にはめないと、魔法が効かないんです」ルーシーは説明した。「元の箱のふたの内側に、詩のようなものが書いてあったんです」

「ルーシー、それを思い出せる?」エリザベスが聞いた。

ルーシーは、右手に指輪をはめながら、その言葉を口に出した。

このルビーの指輪の　ひみつ
願いを二つ　かなえてくれる
右手の中指に　指輪をはめて
くるりくるりと　二度回す
そして　願いを唱えれば
ルビーの指輪が　かなえてくれる

「だれか来る!」ロバートがあわてた声でいった。

ルーシーは、急いで指輪を二度回し、必死になって唱えた。「わたしの家に帰れますように！」

「さようなら、エリザベスさま。さようなら、ロバートさま。お二人のことは、決して忘れません。ネリーに、さようならをいっておいてください」

ルーシーのまぶたは、もう重くなってきていた。うき上がるような、あの不思議な感覚がもどってきた。おなかがかき回されるような感じがして、エリザベスとロバートのさようならという声が、だんだん遠くなっていく。ひみつのかべ板を開けるカチッという音がかすかに聞こえたのを最後に、何もわからなくなった。

13　友情は永遠に

　だれかがやさしくルーシーの肩をゆすって、「ルーシー、ルーシー、起きなさい。もうおそいわよ」といっている。

「大変、ネリー、今日は早く起きなくては。ウェイド先生にしかられる」ルーシーは、大あわてで飛び起きた。

　ようやくはっきり目が覚めてベッドのそばにいるのがお母さんだとわかると、ルーシーはびっくりして、目をぱちぱちさせた。とてもうれしかった。

「お母さんなのね、ほんとにお母さんなのね！　信じられないわ。よかった！　お母さん、おこってない？　わたしに何かあったのかって、心配してたでしょ？」

「わたしのことをネリーって呼んだから、夢だってすぐにわかったわよ。また、夢を見てたのね」お母さんが笑いながらいった。

「ちがうの、ちがうのよ、夢なんかじゃないの。長いあいだ、遠くに行ってたの。もう二度とお母さんに会えないんじゃないかって、ほんとにこわかった。みんな、このルビーの指輪のせいなの。魔法の指輪なのよ。箱のふたの内側に、詩のようなものが書いてあるの。ちょっと待って、今見せるから」ルーシーは、ベッドの横のテーブルから、急いで指輪の箱を取った。「ひみつの留め金があって、二重になっているふたが開くのよ」そう説明しながら、ルーシーは留め金を探した。ない！「変だわ。わたしが指輪をもらったあの金曜日の夜には、留め金があったのよ。ちょっと待って、こんなことが書いてあったの。こうよ。あれっ、だめだわ。ぜんぜん思い出せない！」ルーシーはうろたえてさけんだ。

お母さんは、ベッドのはしにすわると、ルーシーをだきしめた。「ルーシー、金曜日の夜って、昨日の夜のことよ。あなたが指輪をもらった昨日の夜。きっと、指輪をもらってあんまり興奮したから、魔法の指輪だっていう夢を見ちゃったのね。とてもはっきりしていて、目が覚めても本当にあったことだと思うような夢って、あるのよね。でも、もう全部終わったのよ。きっと、すぐに忘れるわ。ほら、今日は土曜日で、あなたのプレゼントを買いに行く日でしょ」カーテンを開けながら、お母さんは続けた。「気持のいい秋晴れだから、お買い物も楽しくできそう。雨の日の買い物はきらいだわ。かさはぶつかり合うし、みんなは不きげんになるし……。さあ、早く着がえなさい。もう、みんな、朝食を食べてるわよ」

お母さんが部屋を出ていってから、ルーシーは、ベッドにもたれて、見慣れた自分の持ち物を見回した。何もかも、元のままだった。お母さんがいったようにあれが全部夢だったなんて、そんなことあるかしら？　何があったか全部、こんなにはっきり覚えてるのに。指輪がなくなっていることに気がついたときのパニック、何度も必死になって取りもどそうとしたこと。ロバートのことや初めはあんなに意地悪だったエリザベスのことが夢であるはずがないわ。それに、ネリーとネリーの悲しい身の上話だって、夢であるはずがない。ウェイド先生やオシェアさん、わたしをきらっていたらしいウィンターズさんやとても親切だったマッギンレー、それにあの大変な仕事、たけの長い服とエプロンと帽子、わたしが最初に着ていた不格好な茶色の服、それが全部夢だったっていうの？　そんなことは、ぜったいありえないわ。ロバートやエリザベスと手をにぎり合って、おたがいにずっと忘れないようにしようと約束したのも、本当のことじゃないっていうの？

ふと見ると、着ているのはいつものパジャマで、右手にはルビーの指輪が、夢ではなかったといっているかのようにきらきらと光っていた。

「よかったわ」ルーシーはほっとした。「全部終わって、ほんとによかった。どうなるかと思ったときもあった。ロバートとエリザベスと親友になれたことがいちばんうれしかった。二人のことは決して忘れないわ」

こんなことを考えながら、ルーシーは、急いでジーンズとトレーナーに着がえて、すばやく歯をみがき、台所にかけ下りた。

ルーシーは、いすにすわると、大きなお皿にコーンフレークを入れて食べた。「ああ、このコーンフレークがとっても食べたかったのよ」

「何をいってるの、ルーシー」お母さんが笑いながらいった。「昨日の朝も食べたでしょ」

「えっ、そうだっけ？　忘れてたわ」ルーシーは、おいしそうに食べながら聞いた。「ねえ、お母さん、冬になったらオートミールがゆを作ってくれる？」

「どうして？」お母さんはとまどっているようだ。「どうせ、あなたは食べないじゃない」

「これからは、食べるわ」それを聞いて、みんなはびっくりした。

「ルーシー、昨日の夜はよくねむれたの？」おばあちゃんが、もう一ぱいお茶をいれながら、聞いた。

「それがね、おばあちゃん、ぜんぜんねむれなかったような気がするの。今までいちばん不思議な夢を見たわ」

「そうだったのね。夢で人生が変わることもあるのよ」おばあちゃんは、やさしくいった。

「そうなの、おばあちゃん。今朝、わたしは生まれ変わったような気がしてるの」

朝食を食べ終わっていたデイビッドがいった。「お母さん、二階に行ってウルトラマグナスで遊ぶね」

「わたしのレゴも使っていいわよ」ルーシーがいった。

デイビッドがぴたっと止まった。「それって、どういうこと？」すぐには信じられないようだ。

「ほんとに使っていいのよ、デイビッド。わたしは、もうレゴで遊ぶ年じゃないから、あなたにあげるわ」

「えっ、ぼくがもらっていいの？」デイビッドはびっくりしている。

「いいわよ、デイビッドのものよ」ルーシーは楽しそうにいった。

「やったあ！　うれしい、ありがとう！　ぼくのといっしょにすれば、すごいのができる」デイビッドは、大喜びで飛び出していった。

二人の会話を聞いていたお父さんとお母さんは、おどろいて、たがいに目配せした。自分のものを必死になってかかえこむルーシーにいつも困っていたのに。目の前にいるのは、本当にあのルーシーだろうか？

朝食を済ませると、ルーシーが聞いた。「お母さん、ノリーンのところに行ってきてもいい？　とっても急ぎの用事なの。部屋のそうじは、帰ってからするわ」

「いいわよ」お母さんは、ルーシーの気持ちがわかったのか、笑いながらいった。「道をわたるときは、車に気をつけるんだよ」というお父さんの声を聞きながら、ルーシーは、急いで家を出た。大通りを歩いているうちに、町でいちばん大きなおもちゃ屋さん〈ギャラハー〉のショーウィンドーを、どうしてものぞいてみたくなった。どのショーウィンドーも、ジグソーパズル、本、ラジオ、人形、ゲーム、レコードなどでいっぱいだ。「何にするか決めるのが大変そう。でも、何よりも、あまり高いものをねだって、お父さんとお母さんを困らせるのはやめよう」

ルーシーは、やっとショーウィンドーからはなれて、ドハーティー家のある裏通りまで来た。

四十七番地に近づくにしたがって、歩くのがおそくなり、ノリーンに会いに行くことがいいのかどうか心配になって、胸がどきどきしてきた。ノリーンは、もう二度とルーシーには口をきかない、といったのだ。「ノリーンが口をきいてくれなくても、がまんしなくては。とにかく、やってみよう」背筋をのばして深く息をすうと、ルーシーはベルをおした。

ドアを開けたのは、ノリーンのお母さんだった。「えーと、あのう、ノリーンはいますか」

ルーシーは、ちょっと口ごもりながらいった。

「いるわよ。二階で自分の部屋にそうじ機をかけてるわ。ひと休みできるって、きっと、喜ぶと思うわ。居間で待っててね。今呼んでくるから」

もしノリーンのお母さんがもどってきて「ノリーンはあなたに会いたくないといってるわ」といったらどうしよう。ルーシーは、心配でたまらなかった。しかし、すぐにドアが開いて、ノリーンが固い表情で現れた。

ルーシーは、決心がにぶらないうちにと、急いで話し始めた。「ノリーン、あなたに謝りたいの。あなたのひみつを話してしまうなんて、わたし、ひきょうだったわ。わたしのしたことは許せないことだったと思うし、あなたが、もう二度とわたしと話したくないと思っても、しかたがないと思ってる。わたし……」ルーシーは、次の言葉を続ける前に、ちょっとためらった。「わたし、あなたがわたしよりみんなに好かれてるってことに、焼きもちを焼いてたんだと思う。それで、わたしが作文で一位になれなかったとき、わたしにはもう何もない、これで終わり、みたいな気持ちになってしまったの。ねえ、許してくれる？」

ノリーンは、まだ悲しそうだった。「わたし、あのとき、ぜったい許せないって思ったの、ルーシー。作家になりたいなんてばかみたいって、みんなにいわれるんじゃないかと、とってもいやだった。それに、わたしのひみつをみんなにいったのが、いちばんの親友のあなただったなんて……」

「だれもあなたを悪くいったりしないわよ、ノリーン。あなたはとてもいい人だもの。わたしは悪口をいわれてもしかたがないと思ってる。それでも、わたしたち、また友だちになれるわよね」

ノリーンは、やっと笑ってくれた。「もちろんよ、ルーシー。あなたがいなければ、どうしたらいいかわからないもの。ずっと何年も友だちだったじゃない。もしあなたがほかのだれかと親友になったら、どうしたらいいかわからないわ」

「よかった。じゃあ、わたしの誕生日パーティーに来てくれるわよね」

「楽しみにしてるわ。明日の三時ね。ちっちゃなプレゼントもあるの。でも、明日までは、あげない」

「明日までがまんするわ……。ほんとはね、わたし、プレゼントを一つ、もうもらってるのよ。ほら、見て」ルーシーは、指輪をはめた手を見せた。

「うわー、すてき！　わたしもはめてみたいわ。いいかしら？」

ルーシーは、指輪をわたしてから、あわてていった。「右手にはめてはだめよ、ノリーン」

「どうして？」ノリーンが、おどろいて聞いた。

「えーと、えーと、よく覚えてないんだけど、確か、初めてはめるときに、右手だと、何かが起こるんだったと思うわ」

「わかった、左手にはめる」ノリーンは、指輪をはめて、すばらしいルビーのきらめきに見とれた。「とってもきれい！」

「お母さんは、わたしが大きくなるまで大事にしまっておくつもりなのよ」ルーシーがいった。

げんかんを出るとき、ルーシーは、ふり返ると、思いきっていった。「ノリーン、あなたが作文で一位になって、わたし、とてもうれしいわ。月曜日にあなたがみんなの前で作文を読むのを楽しみにしてるの。もしかしたら、わたしたち、二人とも、いつかは作家になるかも……」

ノリーンは、顔をかがやかせて、いたずらっぽくいった。「実はね、作文の題は『わたしの親友』なの。きっと気に入ると思うわ」

昼食を済ませると、マクローリン一家とおばあちゃんは、車に乗りこんだ。お父さんとの前からの約束で、デュナード城という大きな館まで遠出することになっていたからだ。

とちゅうで、ルーシーが聞いた。「わたし、来年の夏、ゲール語のサマースクールに行ってもいい?」

「大賛成だよ」お父さんがいった。「でも、ルーシーがアイルランドの古い言語にそんなに興味を持ってたなんて思いもしなかった」

「わたし、古いアイルランド語をもっと勉強したいの。『母国語のない国は　名前のない国だ』っていうでしょ」

「今日は、びっくりするようなことばかりいうのね、ルーシー」お母さんがいった。車は、エスケ湖を通り過ぎ、バーンズモア渓谷を走っていた。両側には、高いはげ山がそそり立っている。一八〇五年からずっとここにあるビディーズ・オバーンズというパブが見えてきた。この渓谷を通る旅行者に軽い食事を出している店だ。

バリーボフィーという町に近い森を通りぬけるころには、ルーシーは、おばあちゃんの肩に頭をのせてねむっていた。

「さあ、起きて。着いたわよ」おばあちゃんが、ルーシーをそっとつついていった。ルーシーは、あくびをしながら体をのばした。大きな門があって、門柱の上には丸い照明灯がついている。門を入って並木道を進むころには、すっかり目が覚めていた。広い道の両側には大きな木が並んでいて、その根元にはかん木がしげっている。木々は、みな、秋の色にあざやかに色づいていた。

「急いで行けば、三時の見学ツアーにまにあうよ」館の横の方に車を止めて、お父さんがいった。車を下りたとたん、ルーシーは息をのんだ。「こんなことって、ありえない！」でも、目の前にあるのは、へいに囲まれたあの庭。ルーシーが夢で見たとおりの庭だった。

正面に回ると、ルーシーをさらにおどろかせることが待っていた。正面げんかんの石の階段が、ラングレーの館とまったく同じだったのだ。ただ、今は、館のかべがツタでおおわれている。

でも、お父さんは、この館をデュナード城といっている。「昔は、大きな館は全部、同じ形だったのかしら？」ルーシーは不思議な気がした。広いげんかんホールに入ると、大理石のゆか、天井を支えている高い柱、そして、おどり場まで続くはばの広い階段が見えた。

「見学ツアーは、今、始まったばかりです」受付係がいった。「左の方へ行けば、見学グループに入れますよ」

「こちらが応接間です」ガイドが説明している。「家具はフランス風で、とても見事なものです。これらの家具は、この城を建てたターコネル夫人が持ってこられたものです。このデュナード城は、当時はラングレーの館と呼ばれていました。ターコネル家は、レッド・ヒュー・オドンネルに連なる家柄で、一六〇〇年代からここに住んでいました。もともと、ここには館がありましたが、古くて不便だったので、イギリスからとついできたターコネル夫人が館の大部分に手を入れて建て直しました」

ルーシーは、部屋にある家具の一つに目がくぎづけになった。花や鳥の象眼細工が美しい、あの黒ぬりのかざりだんすだ！　今も、ひみつの戸の前にある。

ガイドが、また、話し始めた。「こちらは、現在のターコネル卿のおじいさまに当たる方の肖像画です。お名前はロバート、おとなりは、お姉さまのエリザベスです。このようにごきょうだいの肖像画を並べるのは、めずらしいことです。ふつうは、ご夫妻なんですが。それだけでなく、このターコネル卿のおくさまの肖像画は、居間にかざってあるのです。当時は、先祖代々の肖像画はダイニングルームにかざるのがしきたりでした」

「先祖の方たちといっしょに食事をするんですよね」ルーシーは、思わずいってしまった。ガイドが、にっこりしてルーシーにいった。「ガイドブックを読んできたんですね」

ルーシーは、肖像画をもっとよく見ようとみんなの前に出て、ロープすれすれのところまで近づいた。立派な金の額縁の中で、エリザベスとロバートがルーシーを笑顔で見下ろしていた。ルーシーが出会ったころよりは、大人になっていたけれど、まちがいなくあの二人だった。

「エリザベスは、どうなりましたか」ルーシーは聞いた。

「十六さいのときに、フレデリック・ゴードン伯爵と結婚しました。この肖像画は結婚後にかかれたもので、伯爵は、住まいのグレンレア城に置きたかったでしょうが、ロバートがこの応接間にぜひ残してほしいと望んだので、両方ともここにあるのです。お二人は、この部屋に特

別な思いを持っていたようです」
「エリザベスに子どもはいたんですか」ルーシーが聞いた。ガイドは、このデュナード城に興味を持ってもらえて、とてもうれしそうだった。
「ええ、もちろん。十人いました」みんなはびっくりした。ガイドはさらに続けた。
「当時は、子だくさんは貧しい人たちだけだったと、みなさん、思っているでしょう。しかし、実際には、貴族階級でも子どもがたくさんいました。さて、ゴードン伯爵夫人エリザベスについては、こんな話があります。夫人の最初の子どもは女の子で、その子の名前は……いや、その前に」

ガイドは、もったいぶって、少しあいだを置いてからいった。「あのすみにある肖像画に注目してください。あれはルーシーと呼ばれていた女の子で、お二人が子どものころ、ここでメイドとして働いていました。エリザベスとロバートは、この女の子が大好きだったので、後に、この肖像画をかかせたのです。そして、いつも応接間にかけておくことになりました。三人がどんな関係だったか、確かではありませんが、しかし」ガイドは、得意そうにつけ加えた。「ゴードン伯爵夫人は、自分の初めての女の子をルーシーと名づけました。ついでに申し上げれば、この肖像画は、エリザベスが子どものころルーシーをかいたスケッチをもとにしています」

ルーシーは、たけの長い青い服を着てエプロンをかけた自分の肖像画をながめながら、思わず笑いそうになるのを必死にこらえた。エリザベスが自分をスケッチした朝のことは、はっきり覚えている。動いちゃだめよ、といわれたことも。

「見て、見て、ルーシー」デイビッドが小声でいった。「あの子、ルーシーの指輪とそっくりなのをしてるよ、変だね」

「そうね、ほんとにぐうぜんね。それに、あの子も赤毛よ」おばあちゃんがいった。

ガイドは、このグループは熱心だと思ったらしい。「みなさん、こちらにも興味深いものがありますよ」といいながら、ガラスの小さなちんれつケースを指した。

「ここに、別のメイドの手紙が入っています。そのころ、この城で皿洗いをしていた女の子からのお礼の手紙です。その子が自分の家族を探すのを、あの肖像画のターコネル卿が助けたのです。家族が追い立てにあってアメリカに行ってしまい、くわしい事情はわかりませんが、その子一人が残されました。ターコネル卿は、その子が持っていた住所あてに手紙を書きました。その結果、家族が見つかって、当時子どもだったターコネル卿は、その子がアメリカに行く費用を出すように自分の父親にたのみました。それだけでなく、城にいるあいだに、読み書きができるようにしてやりました。その子は、読むことも書くことも、できなかったからです。

ターコネル卿は、ほんとに思いやりのある地主で、小作人にとても親切だったようです。ですから、あちこちでさわぎや争いが起こっても、デュナード城とグレンレア城は無事だったのです。

ついでながら、みなさん、グレンレア城もぜひ見学してください。そこには、あの肖像画の複製画があります。ご主人のゴードン伯爵が特別に注文したものです」ガイドは、エリザベスの肖像画を指しながらいった。

「地主の中には思いやりのない人たちもいて、ドニゴールでは、ひどい立ち退き命令が出たのではありませんか」おばあちゃんが聞いた。

「ええ、そうです。いちばんひどかったのは、グレンベイの立ち退きでした。そこの立派な城は、地主のジョン・アデアがアメリカ陸軍大佐の未亡人と結婚したとき、妻のために建てたものです。そのアメリカ人の妻は、夫の死後、ベイ湖のほとりの高いがけの上にある大きな岩に、次のような言葉をきざみました。

勇敢にして、寛大なる正義の人

ジョン・ジョージ・アデアをしのんで

ところが、その後、きみょうなできごとが起こったのです。ある大あらしの夜、かみなりが落ちて、その岩は粉々になり、湖の底にしずんでしまいました」

オシェアさんが喜びそうな話だわ。アデアのことをいつも「腹の底まで真っ黒な極悪人」といってたもの。ルーシーは思った。

次のグループがやって来た。ルーシーのグループは、応接間を出て、ダイニングルームに案内された。ルーシーは、あの日見たダイニングルームのことを思い出していた。おまねきしたお客さまをもてなす最初の日のごうかなディナーの準備ができていた。シャンデリアのきらめき、銀食器のかがやき、美しくかざられたたくさんの花やあまい香りの果物。ウィンターズさんがすべてに気を配り、マッギンレーがテーブルセッティングを点検していた。ルーシーは、ご夫人たちが階段を下りて応接間に入っていくのを、エセルが少しだけ見せてくれたことを思い出しながら、別のドアからもう一度応接間の方を見た。

「ルーシー、早くいらっしゃい」おばあちゃんが呼んだ。「ガイドさんが下の台所に連れていってくれますよ」

「こちらの台所は、今はほとんど使われていません。現在のターコネルご夫妻は、お父上が造らせた上の階の小さな台所を使っておられます。第一次世界大戦のあとは、使用人が少なくなったし、専門の料理人などもいなくて、大きな台所は使わなくなったのです。上の階で大きなパーティーがあるときにだけ、お使いになります」

あのころの台所は、料理用のかまどにはいつも真っ赤な火が燃えていたのに、今は、がらんとして静まり返っている。ルーシーは目を閉じた。あまり静かで胸が痛くなった。フローリーやマギーにあれこれ大声でいいつけていたオシェアさん、午後のお茶に出すスコーンをのせたトレイを持っていそがしそうに出たり入ったりしていたベラ・ジェーン、「一番!」、「六番!」などとさけぶ声に絶えず中断させられながら野菜をきざんでいたネリー、あの人たちは、いったいどこに行ってしまったのだろう。一番の深なべや六番の片手なべは棚に並んでいるが、今はただかざってあるだけだ。毎日の生活の一部ではない。これからも、決して使われることはないのだ。

「台所は、昔のままに保存されています」ガイドが話した。

「銅の調理器具、なんて美しいんでしょう」だれかがいった。

「そうですね。あのようにいつもぴかぴかにしておくには、ひどく手間がかかるのです。村から女の人が二人やって来て、いつもみがき上げているのです」

「かわいそうに、ネリーは、いつも一人で全部していたわ」ルーシーは、そう思いながら、食器洗い場をのぞいた。あのころは、よごれたなべや皿が、山のように積み重なっていた。それから、洗濯部屋ものぞいてみた。あの大きなしぼり機だけがぽつんと置いてある。熱湯と湯気、飛び散る水、いくつもの洗濯物の山、しぼり機の音にも負けないベッキーとメアリー・ケイトの声。みんな、どこへ行ってしまったのだろう。今は、墓場のように静まり返っている。狩りのえものの貯蔵室は空っぽだった。ろう下に面したドアは閉まっていた。

ルーシーは台所をはなれて、ほっとした。使用人たちが立ち働いていたころのざわめきと人気のない今の静けさ、あまりのちがいにたえられなかった。

げんかんホールにもどったとき、ルーシーは、ネリーの手紙を見たいのでもう一度応接間に行ってもいいかとガイドに聞いた。家族には「先に行ってて、わたしもすぐに行くから」といった。

ルーシーは、ネリーの手紙を急いで読んだ。ネリーは家族を見つけることができた。すべてがうまくいったのだ。結婚したのかしら。子どもはいたのかしら。きっと結婚して、住んでいた土地を追い立てられたことやラングレーの館で過ごした日々のことを子どもたちに何度も語って聞かせたことだろう。

それから、周りに人がいないことを確かめて、仕切りのロープの下をくぐりぬけ、かざりだんすの後ろのかべに近づいた。あのとき、応接間からもひみつの階段に行けるかしらと話し合ったことを思い出した。今なら、自分で確かめられる！　かべ板の彫刻の真ん中をおすと、聞き慣れたカチッという音がした。ルーシーは、ゆっくりとかべ板を開けながら暗やみの中をのぞきこんだ。そこは、しーんとしていて、あのときと同じようにクモの巣だらけだった。ルーシーは、かべ板をそっと閉めながらため息をついて、ロープの下をくぐりぬけ、元の場所へもどった。

「さようなら、エリザベス。さようなら、ロバート。わたし、決してあなたたちを忘れないわ」

ルーシーは目になみだをうかべながら、自分を見つめている肖像画に手をふった。げんかんホールを横切ろうとしたときに、背の高い男の人が階段を下りてきた。「ターコネルさまだ」だれかがいった。男の人は、ルーシーにほほえみかけた。この人は、ロバートのお孫さんだ。ロバートにそっくり! 同じ目、同じ温かな笑顔。

「デュナード城を楽しんでもらえましたか」

「ええ、とても。ここでの時間は、今までで一番すばらしいものでした。こんな大きな家に住めたら、すてきだと思います」

そして、ルーシーは、急いで家族のところへもどっていった。

（完）

訳者あとがき

『魔法のルビーの指輪』いかがでしたか？　この物語は、願いをかなえるルビーの指輪により思いがけない時間旅行をすることになったルーシーという十一歳の女の子の話です。ファンタジーのようでありながら、その背景にはアイルランドの歴史が横たわっています。もちろん歴史的背景を知らなくても楽しめる物語ですが、歴史的事実を知るとなおのこと面白く感じるかもしれません。いつかあなたが世界史でアイルランドの歴史にふれるときに、この本を思い出してください。

一九九一年、十一歳の誕生日の前日、ルーシーは、「大きな家に住みたい」とルビーの指輪に願いました。その結果はルーシーが思ったとおりではありませんでしたが、確かに大きな家で百年前のお城でした。ルーシーはそこでメイドとして働くことになってしまったのでした。一八八五年のアイルランドにタイムスリップしたのです。その時代背景はアイルランドの子どもたちにとって自国の歴史としてなじみのあることかもしれません。けれど日本の子どもたちにとってはどうでしょう？

一八八五年のアイルランドはどんな時代だったのでしょう？

ちょうど大きなジャガイモ飢饉の後の時代で、ジャガイモだけを日々の食料としていた貧しい農民たちの多くが飢餓のために亡くなりました。その頃、ほとんどのアイルランドの土地は、住んでいるアイルランド人のものではなく、住んでもいないイギリス人の地主のものでした。地主は小作人たちにその土地を貸し、住まわせ、地代を払わせ、払えない場合には立ち退きを命じたといいます。今の日本で道路や鉄道を作ったり区画整理のために別の場所やお金を用意してもらえる立ち退きとは訳が違います。立ち退かない場合、家に火をつけるなど非情な手段で土地を追われました。その場所を追われたら行く場所などないのです。そのため土地を立ち退かされたアイルランドの農民たちの多くは、アイルランドを離れ、移民となって北アメリカやオーストラリアなどに移住したといいます。

そして後に、アイルランドは国として独立する一方、北アイルランドだけはイギリス領のまま残りました。

一九九一年に戻って来たルーシーは、その後どんなふうに成長し、大人になっていくでしょうか。続きが知りたいですね。

二〇二四年三月　　加島 葵

【豆知識】

アイルランド土地同盟

イギリス人の地主制度の廃止と土地の国有化を主張したアイルランドの政治組織。

グラッドストン（ウイリアム・グラッドストン）1809年〜1898年

イギリスの政治家で4度にわたり首相をつとめた。在職中にアイルランド自治法案を提案したが保守勢力の反対により成立しなかった。

スタールビー

ルビーは普通、美しい赤の透明感のある宝石だが、このスタールビーはドーム型にカットされ透明感はない。しかし光をあてると6条の線が星のように模様として浮かび上がる。

ダマスク織

5〜6世紀ごろシリアのダマスカスからヨーロッパ諸国に輸出された豪華織物。

パーネル（チャールズ・スチュワート・パーネル）1846年〜1891年

19世紀後半のアイルランドの政治指導者。土地同盟を結成し、アイルランドの自治を目指して活躍した。

ボイコット（チャールズ・カニンガム・ボイコット）1832年〜1897年

アイルランドで、土地管理人として雇われていたイギリス人貴族。小作人たちに対し他の管理人に輪をかけて非情な態度をとり続けた結果、彼らの怒りを買い、ボイコット氏は自身の家族や、関係者に対する労働、食料供給を断たれ孤立させられ、アイルランドを追われることとなった。この時のボイコット氏に対する行動がそのまま言葉の語源となった。

著者　イヴォンヌ・マッグローリー（Yvonnne MacGrory）

アイルランド共和国の児童文学作家。ドニゴール生まれドニゴール育ち。３人の子どもたちの母親。読書が大好きで特に地元の歴史を知ることに興味をもっている。本書は1991年に出版された著者にとって初めての作品。同年、アイルランドで、その年に最も優れた処女小説に贈られるビスト賞を受賞した。日本では『だれかがよんでいる』（偕成社）が1998年に出版されている。

訳者　加島 葵（かしま あおい）

お茶の水女子大学文教育学部卒業。翻訳家。訳書に『魔少女ビーティー･ボウ』『キャリーのお城』(新読書社)、『紙ぶくろの王女さま』『ぼくが犬のあとをつけた夜』(カワイ出版)、『ちきゅうはみんなのいえ』『ジャミールの新しい朝』(くもん出版)、『ウォンバットのにっき』(評論社)など多数。朔北社の本では「ゆかいなウォンバットシリーズ」『流砂にきえた小馬』や「こども地球白書」(抄訳)をてがけている。

絵　深山 まや（みやま まや）

東京生まれ。2001年武蔵野美術大学空間演出デザイン科卒業。ベルギーの絵本作家キティ・クローザーより絵本製作を学ぶ。2015、2016年ボローニャ国際絵本原画展連続入選。インスピレーションは植物、精霊、音楽。妖精の国アイルランドに興味がある。

魔法のルビーの指輪

2024年7月25日　第1刷発行

著者　イヴォンヌ・マッグローリー
訳者　加島 葵　translation©2024 Aoi Kashima
絵・装丁　深山 まや

発行人　宮本　功
発行所　株式会社　朔北社
〒191-0041　東京都日野市南平 5-28-1-1F
tel. 042-506-5350　fax. 042-506-6851
http://www.sakuhokusha.co.jp
振替 00140-4-567316

印刷・製本　中央精版印刷株式会社
落丁・乱丁本はお取りかえします。
Printed in Japan　ISBN978-4-86085-146-0 C8097